KB111457

호 손 의
인 생 수 업

다시 들려준 이야기

호 손 의
인 생 수 업

다 시
들 려 준
이 야 기

나다니엘 호손 지음 | 윤경미 옮김

Nathaniel Hawthorne

디오니소스
프로젝트

책읽는귀족은
『다시 들려준 이야기』를
열일곱 번째 주자로 '디오니소스 프로젝트'를 이어간다.
'디오니소스'는 니체에게 이성의 상징인
아폴론적인 것과 대척되는 감성을 상징한다.
'디오니소스 프로젝트'는 고대 그리스 신화에서는
축제의 신이기도 한 디오니소스의 특성을
상징적으로 담아내려는 시도로,
우리의 창조적 정신을 자극하는 책들을 중심으로
디오니소스적 세계관에 의한, 디오니소스적 앎을 향한
출판의 축제를 한 판 벌이고자 한다.
니체는 디오니소스를 통해
세상을 해방시키는 축제에 경탄을 쏟았고,
고정관념의 틀을 깨뜨릴 수 있는 존재로
디오니소스를 상징화했다.
자기 해체를 통해 스스로를 극복하는 존재의 상징이기도 한
디오니소스는 마치 헤르만 헤세의
"새는 알에서 나오려고 발버둥 친다. 알은 새의 세계다.
태어나려고 하는 자는 하나의 세계를 파괴해야 한다"는
의미와 맞닿아 있다.
이제 여러분을 '디오니소스의 서재'로 초대한다.

우리가 만일 인생을
다시 선택할 수 있다면

● 호손이라는 이름은 우리에게 어쩌면 낯설지도 모르겠다. 하지만 『주홍 글자』나 「큰 바위 얼굴」의 작가라고 하면 이내 고개를 끄덕이게 되는 그는 미국의 유명한 작가이다. 내가 청소년 시절에 읽었던 호손의 장편소설 『주홍 글자』는 예를 들어 서머싯 몸 등과 같은 다른 작가와는 달리 크게 인상적이지 못했다. 아마도 호손의 청교도적인 도덕관이 너무 밋밋해서이지 않아서일까.

그러나 예전에 국어 교과서에도 실렸던 「큰 바위 얼굴」은 어린 시절의 나에게 아주 강렬한 인상을 남긴 단편이었다. 특히 「큰 바위 얼굴」의 결말에 이른 반전은 뭐랄까, 인생의 의미에 대해 거대한 망치로 얻어맞는 것 같은 교훈을 주었다. 주인공 어니스트가 어릴 때부터 자신의 마을에 전설처럼 전해오는 큰 바위 얼굴과 닮은 위인을 기다리는 인생 여정의 끝에서 얻은 깨달음, 즉 큰 바위 얼굴이 성공한 사람이 아니라, 자연과 교감하면서 내적 성숙을 쌓아온 자기 자신이라는 이 이야기는 자연이 주는 진리보다 더 위대한 것은 없다는 삶의 진실을 알려준다. 머지않아 지천명을 바라보는 나이쯤에 이르게 된 나도 이 삶의 진리가 우리 인생의 정답에 가장 가까운 게 아닌가 하는 걸 다시 확인하게 된다.

이처럼 호손은 「큰 바위 얼굴」처럼 통찰력이 있고 매혹적인 단편을 많이 썼다. 하지만 의외로 이런 호손의 매력이 담긴 단편들이 우리나라에 아직 소개되지 않은 것이 있는 걸 알고, 이번에 디오니소스 프로젝트의 하나로 호손 단편 모음집을 기획하기로 했다. 그러나 유명한 작가들의 단편집은 이미 많이 나와 있기에, 호손만의 매력이 무엇일지 찾아서 그것을 특징화시켜 주는 것도 국내 기획자로서 해야 할 일 같았다. 그래서 나는 이 책의 부제를 '호손의 인생 수업'이라고 정했다.

이제 어른이 되어서 바라본 호손의 단편들은 청교도적인 그의 가치관이 담긴 일반론적인 삶의 교훈을 뛰어넘는 촌철살인의 이야기를 담고 있었다. 특히 이 『다시 들려주는 이야기』에 실린 단편들은 호손의 초기 작품이라 그런지 「큰 바위 얼굴」에서 느꼈던 삶에 대한 묘미가 생생하게 그대로 살아 있는 듯하다.

한두 편을 제외하고는 거의 다 국내에 최초로 번역되어 출판되는 호손의 이 단편 모음집은 딱 7편으로 구성했다. '럭키 세븐'처럼 이 책을 읽는 분들의 삶에 행운이 있기를 바라는 마음에서이기도 하다. 호손의 인생 수업 7교시를 다 듣다 보면, 아마도 앞으로 살게 될 독자 여러분의 인생은 좀 더 달라지지 않을까. 그러기에 행운은 자연히 깃들 것이라고 본다.

● 학교에서 배우지 못한 '다시 듣는' 인생 수업

우리가 만일 인생을 다시 선택할 수 있다면, 우리는 지금과는 완전히 다른 인생을 살 수 있을까. 호손이 들려주는 인생 수업을 통해 앞으로 남은 인생을 이전과는 다르게 살아본다면 우리는 또 다른 인생을 사는 셈이 될 것이다.

꼭 물리적으로 다시 태어나야 인생을 바꿀 수 있는 것은 아니다. 삶의 원리를 날카로운 통찰력으로 꿰뚫어 본 작가들의 삶의 교훈을 접할 때, 우리는 남아 있는 인생을 변화시킬 수 있다. '정신적 환생'은 스스로 이렇게 만들 수 있는 것이다.

아무도 우리에게 정확하게 가르쳐주지 않는 삶에 대한 진실, 그리고 교훈. 학교에서 배우지 못한 인생 수업을 호손에게 들어보자. '다시 들려주는 이야기', 그 이야기를 이제 다시는 못 들을지도 모를 시점에 우리는 다다를지 모른다. 지금 바로 이 순간, 그 이야기를 놓치지 말자.

인생에서 가장 소중한 꿈과 사랑, 그리고 미래, 가치, 운명, 등 이러한 키워드들이 우리 삶에 어떻게 작용하는지, 또 우리가 앞으로 어떤 그림을 우리 인생에서 그려갈지 우리는 호손의 '다시 들려주는 이야기' 수업을 통해 알아갈 수 있을 것이다.

인생에 질문이 많은 독자가 있다면, 이 책 『다시 들려주는 이야기』에서 그 답의 일부를 찾을 수 있을 것이다. 늘 반복되는 우리의 일상과도 같이 때로는 무료할 수도 있는 인생의 상징적 의미를 담고서 호손이 다시 들려주는 일곱 가지 이야기. 이 인생 수업을 하나씩 들을 때마다 우리는 인생에 관해 깊고 깊은 탄식과도 같은 깨달음을 얻을 수 있을 것이다.

자, 이제 그 수업을 들으러 가자. 다행히도 여기에 소개하는 이야기들은 호손의 「큰 바위 얼굴」처럼 다 읽고 나면 우리에게 아주 깊이 각인되는 매력과 쫄깃하게 읽히는 맛이 있다. 이제 그 아주 특별한 독서의 식감이 있는 미식 세계로 떠나 보자. 짧지만 강렬하게 '한방'을 먹여주는 인생의 멘토, 호손이 '다시 들려주는 이야기' 속으로 말이다.

2018년 9월
국내 기획자
조선우

Contents

Nathaniel Hawthorne

호손의 인생 수업

1교시

'행복'에 대하여

석류석 carbuncle

carbuncle은 원래 붉은 빛을 내는
모든 종류의 보석을 일컬어 지칭하는 단어이다.
'홍옥' 또는 '석류석garnet'으로 번역되며 이 책에서는
석류석이라고 번역했다 – 역주

화이트 마운틴스의 수수께끼

화이트 마운틴스 White Mountains: 뉴햄프셔주 북부 일대를
가로질러 메인주 남서부 접경지대까지
약 140㎞에 걸쳐 뻗어 있는 산맥이다.
특히 캐논 산 근처에
사람의 옆모습 모양을 한 거대한 자연석은
호손의 「큰 바위 얼굴」의 배경이 되기도 했다 – 역주

THE GREAT
CARBUNCLE

거대한 석류석

화이트 마운틴스의 수수께끼

● 먼 옛날 어느 황혼 무렵, 크리스틸 힐스의 어느 바위투성이 지대에서 한 무리의 일행이 휴식을 취하고 있었다. 이들은 거대한 석류석을 찾는 고되고 수확 없는 여정에 지친 상태였다. 이 일행은 젊은 신혼부부 한 쌍을 제외하고는 친구도 패거리도 아니었으며, 경이로운 보석을 찾겠다는 일념 하나로 각양각지에서 모여든 인물들로 이루어져 있었다. 비록 이들은 서로에 대해 잘 알지는 못했으나, 그날 밤을 지새우기 위해 나뭇가지로 허름한 움막을 짓고, 애머누석강(미국 뉴햄프셔주 북서부에 있는 강 – 역주)의 급류 위를 떠다니는 소나무 조각들을 끌어 모아 큼지막한

모닥불을 지필 정도의 유대감은 있었다. 하지만 그들 중에는 보석을 찾겠다는 일념에 사로잡혀 인간의 자연스러운 연민을 느끼지 못한 채, 이 멀고도 고립된 지역까지 함께 올라온 다른 사람들의 얼굴을 마주하고도 어떤 감흥도 느끼지 못하는 이도 있었다.

그들이 현재 있는 곳과 가장 가까운 마을 사이에는 거대한 황무지가 펼쳐져 있었고, 그들의 머리 위 1마일 남짓한 풍경 속에는 황폐한 경계가 드리워져 있었다. 그곳은 덥수룩한 초록 잎의 외투를 벗어던지고 하얀 구름으로 몸을 감싸거나, 혹은 이파리 한 장 없이 벌거벗은 몸을 그대로 드러낸 채 하늘 위로 우뚝 솟은 나무로 가득한 봉우리들이 끝없이 펼쳐져 있었다. 산속의 개울과 바람 소리, 이에 더해 짐승처럼 포효하는 애머누석강의 거센 강물 소리는 한 사람이 오롯이 참아내기에는 너무나 괴롭고 끔찍했다.

그리하여 모험가들은 모두가 주인이자 또한 손님인 그 움막 안에서 따뜻한 인사를 나누며 서로를 반겼다. 이들은 각자 챙겨온 음식을 평평한 바위 위에 펼쳐 놓고 함께 식사를 나누었다. 비록 거대한 석류석을 찾아 나서기 위해 이튿날 아침이면 또다시 서로에게 낯선 존재가 되어야 한다는 생각이 그들을 무겁게 짓눌렀지만, 이들은 잠시나마 서로에 대해 일행의 유대감을 느꼈다.

일곱 명의 남자와 한 명의 젊은 여인으로 이루어진 일행은 움막 전체를 밝히며 활활 타오르는 불가에 나란히 앉아 몸을 녹였다. 그들은 서로의 다양하고도 대조적인 얼굴을 찬찬히 들여다보았다. 깜박깜박 타오르며 불안정하게 어른거리는 불빛 사이로 보이는 인물들의 얼굴은 마치 캐리커처마냥 특색 있는 모습을 하고 있었다. 이는 아마도 도시에서는 황무지에서든, 혹은 산지에서든 평야에서든 쉽게 마주하기 힘든 특이한 조합임에 틀림없으리라.

무리에서 가장 나이가 많은 이는 바람과 햇볕으로 거칠거칠해진 피부에, 크고 마른 체격을 한 예순 살 가량의 남자였다. 그는 야생 동물의 가죽으로 만든 옷을 온몸에 두르고 있어 사람인지 짐승인지 분간이 잘되지 않았는데, 이는 사슴, 늑대, 그리고 곰이 오랜 세월 동안 남자에게 가장 친숙한 동반자였던 탓이었다. 그는 어린 시절부터 거대한 석류석이 실제로 존재한다고 굳게 믿고 그 생각에 사로잡혀 미친 듯이 석류석을 찾아 헤매는, 인디언들의 방식으로 말하면 소위 '불우한 영혼' 중 하나였다. 그 일대를 찾는 사람들은 그를 '수색자(seeker)'라는 명칭으로만 알고 있을 뿐, 그의 실제 이름은 아무도 몰랐다. 그가 언제부터 석류석을 찾아 헤매기 시작했는지 아는 사람은 아무도 없었기 때문에, 사코 계곡에서는 그가 저주에 걸렸다는 소문이 자자했다. 즉, 남자는 터무니없는 욕망에 사로잡힌 나머지, 미친 듯이 산을 헤매며 석류석을 찾아 헤매는 처지가 되었다는 것이다. 그는 해가 뜰 때는 희망으로 가득 차서 열정적으로 산 이곳저곳을 헤맸지만, 해질녘 무렵에는 그만큼의 절망을 안고 되돌아오곤 했다.

이 비참하고 가련한 수색자 옆에는 도가니처럼 높고 길쭉한 모자를 쓴, 나이가 지긋하고 덩치가 자그마한 남자가 앉아 있었다. 그는 바다 건너편에서 온 카카포델 박사(Doctor Cacaphodel)로, 화학과 연금술 실험을 하느라 숯가마 앞에서 종일 허리를 구부린 채, 온갖 해로운 연기를 잔뜩 들이마신 덕분에 미라처럼 몸이 쇠약해지고 버석해져 있었다. 사실인지 거짓인지 알 수는 없었지만 소문에 따르면, 그는 연구를 위해 자신의 몸에서 다량의 피를 뽑아내어 다른 귀중한 재료들과 함께 소진해 버렸고 실험의 실패로 결국 건강을 완전히 잃게 되었다는 것이다.

또 다른 모험가는 이카보드 피그스놀트(Ichabod Pigsnort, Icabod는 '영광이 없다', '불명예'란 뜻이며, pigsnort는 '돼지가 꿀꿀거리다'라는 뜻이다 – 역주) 선생으로, 그는 보스턴의 유력한 상인이자 도시 행정 위원인 동시에 저명한 노튼 교회의 장로이기도 했다. 그의 적들이 흘린 우스꽝스러운 소문에 따르면, 피그스놀트 선생은 매일 아침 및 저녁 기도를 마친 후에 엄청난 양의 소나무 실링화(17세기 중엽부터 말까지 매사추세츠주에서 주조되던 1실링짜리 은화로 겉면에는 소나무가 새겨져 있다 – 역주) 속에서 한참 동안을 벌거벗고 뒹굴거린다고 했다.

다음에 살펴볼 네 번째 인물 역시 알려진 이름이 없었다. 그는 비뚤어진 미소를 머금은 채 얼굴을 일그러뜨리고 있었으며, 그의 얼굴을 왜곡하고 변색시키는 큼지막한 안경을 쓰고 있는 점이 눈길을 끌었다.

다섯 번째 모험가는 시인으로 그 역시 이름이 없었는데, 그 때문인지 한층 더 애처로워 보였다. 시인의 눈빛은 초롱초롱하게 반짝였지만 음울하게 시들어 있었고, 그러한 모습은 평소 그가 아침 안개나 혹은 손에 닿는 구름 덩어리를 달빛에 곁들여 먹는다고 해도 어색하지 않을 정도로 자연스러워 보였다. 확실히 이 시인에게서 흘러나오는 풍미는 그러한 종류의 것이었다.

여섯 번째 남자는 나머지 일행과는 달리 오만불손하고 도도한 분위기를 풍기는 젊은 남자였다. 남자는 나이 든 일행 사이에서 깃털 달린 모자를 눌러 쓴 채 거만한 태도로 앉아 있었다. 그의 옷에 새겨진 화려한 문양의 자수가 불빛에 비쳐 반짝거렸고, 칼자루에 박힌 보석은 시종 강렬한 빛을 뿜어댔다. 그 남자는 드 비어(De Vere) 공이었다. 집에 있을 때, 그는 죽은 조상들의 묘실을 뒤지며 곰팡내 가득한 관 속의 뼈와 먼지 속에 숨겨진 세속적인 자만과 허세를 찾아 헤매곤 했다. 그는 자신의 몫과는 별개로 조상의 가계도 속에서 자만심과 거만함을 수집하여 간직했다.

마지막으로, 소박한 옷차림을 한 잘생긴 젊은이와 그 옆에서 눈부신 젊음을 뽐내고 있는 여인이 앉아 있었다. 여인의 가냘프고 섬세한 처녀성이 젊은 아내의 강렬한 애정으로 녹아든 지는 얼마 되지 않아 보였다. 그녀의 이름은 한나였고, 남편의 이름은 매튜였다. 둘 다 소박한 이름을 갖고 있었지만 그들은 거대한 석류석을 찾는데 혈안이 된 이 변덕스러운 무리들과 이 낯설기 짝이 없는 곳에서도 위화감 없이 제법 자연스럽게 섞여들고 있었다.

움막의 은신처 아래에서 활활 타오르는 모닥불을 둘러싸고, 이 각양각색의 모험가들은 모여 앉아 있었다. 이들은 모두 단 한 가지 목적에만 사로잡혀 있었기 때문에, 화제가 무엇이었건 간에 마지막은 언제나 거대한 석류석에 대한 이야기로 모아졌다. 그리고 그들 중 몇몇은 자신들이 이 석류석을 찾아 이곳으로 오게 된 사연을 말해 주었다.

어떤 이는 자신이 멀리 떨어진 고국에 있을 때, 어느 나그네로부터 이 믿기 어려운 거대한 석류석에 대한 이야기를 전해 들었다고 했다. 나그네의 이야기를 들은 즉시 그는 그 석류석을 찾아내고 말겠다는 강렬한 열망에 사로잡혔고, 석류석의 찬란한 빛을 보기 전까지는 풀 수 없는 갈증에 시달리게 되었다고 했다.

또 다른 이는, 유명한 스미스 선장(John Smith, 1580~1631: 영국의 군인이자 선원 및 작가이다. 현재 미국 버지니아주 윌리엄스버그 시내에 북미 최초의 영구 식민지가 된 제임스타운을 건설했다 – 역주)이 이곳 해안에 도착했을 때만큼이나 아주 오래 전에, 바다 저 멀리에서 석류석이 내뿜는 번쩍이는 빛을 보았고, 그때부터 지금까지 쉬지 않고 그 석류석을 찾아 헤매고 있다고 했다.

세 번째 사람은 화이트 마운틴스에서 남쪽으로 40마일 지점의 사냥터로 야영을 나갔다가 한밤중에 깨어나 거대한 석류석이 유성처럼 빛나는 모습을 목격했다고 한다. 그 빛은 어찌나 밝던지 나무의 그림자를 뒤쪽으로 드리우게 할 정도였다.

그 보석의 빛은 달빛을 압도할 뿐만 아니라, 거의 태양에 비할 만큼 밝고 커서 그 빛의 원천을 따라가는 것이 손에 잡힐 듯 쉬워 보였지만, 모험가들의 수없는 시도에도 불구하고 누구 하나 성공한 이가 없었다.

이들은 과거보다는 더 나은 행운을 기대하는 다른 모든 이들의 광기에 경멸하는 듯한 미소를 지었지만, 기실 속으로는 자신만이 축복받은 인물이라는 신념을 마음에 품고 있다는 사실을 숨기지 못했다. 이들은 지나치게 낙관적인 희망을 애써 가라앉히기 위해 다시 인디언들 사이에서 전해 내려오는 전설로 이야기의 화제를 돌렸다. 인디언들의 전설에 따르면, 석류석을 지키는 정령이 석류석을 더 높은 봉우리로 자꾸만 옮겨 놓거나, 혹은 석류석이 매달려 있는 마법의 호수 위로 안개를 드리워서 석류석을 찾아다니는 탐험가들을 혼란에 빠뜨린다는 것이다.

하지만 이런 이야기들은 신빙성이 없었다. 덕분에 이들은 이제껏 누구도 석류석을 찾지 못한 이유는 모험가들이 영리하지 못하고 인내심이 부족한 탓이었거나 아니면 이곳 숲과 계곡, 그리고 산의 지리적 복잡성이라는 자연적인 장애물 탓이라고 여겼다.

잠시 대화가 멈추었을 때, 이상한 모양의 커다란 안경을 쓴 이가 늘 그러하듯 얼굴에 비뚤어진 미소를 띤 채 일행을 차례차례 바라보았다.

"자, 순례자 여러분들."

그가 입을 열었다.

"여기에는 일곱 분의 현명한 남자들과, 마찬가지로 현명하고 아름다운 아가씨 한 분이 있소이다. 여기 있는 분들은 다들 석류석을 찾겠다는 근사한 목표를 갖고 있을 테지요. 그렇다면 그 거대한 석류석을 운 좋게 얻게 되면 그걸로 무엇을 할 건지 각자 한 번 말해 보는 게 어떻겠습니까? 먼저 곰가죽을 뒤집어쓰고 계신 선생부터 말씀해 보시지요. 선생이 크리스털 힐스에서 그 보석을 오랫동안 찾아 헤매고 다녔다는 사실은 하느님도 알고 계실 텐데, 마침내 그 보물을 찾게 된다면 그 얼마나 즐겁고 행복하겠소?"

"얼마나 즐겁겠냐고?"

나이가 지긋한 추적자는 씁쓸한 말투로 내뱉었다.

"나는 거기서 즐거움 따위는 기대하지 않는다네. 그런 어리석은 기대는 한참 전에 버렸으니까. 나는 이 저주받은 보석을 계속해서 찾아다녔지. 왜냐하면 내 젊은 시절의 공허한 야망이 나이가 들어서는 그 자체로 숙명이 되어 버렸으니까. 어느덧 그 보석을 찾는 것 자체가 내 정신을 지탱하는 힘이자, 내 피를 뜨겁게 돌게 하고, 내 뼈를 이루는 정수가 되어 버렸단 말이지! 만약 내가 그걸 찾는 걸 포기한다면, 나는 이 산의 관문인 노치의 산기슭에 그대로 쓰러져서 죽어버리고 말 거야. 석류석에 대한 희망을 포기한다 해도, 내 낭비된 인생을 다시 되돌릴 수는 없는 노릇이니까! 내가 만일 그 석류석을 찾으면 나만 알고 있는 동굴 속으로 그걸 가져가서 가슴에 꼭 끌어안은 채 누워서 죽음을 맞이할 거야. 그러면 석류석은 영원히 나와 함께 묻힐 테니까."

"쯧쯧, 과학에 대해서는 전혀 관심도 없는 딱한 사람 같으니라고!"

카카포델 박사가 체념 섞인 분노를 드러내며 소리쳤다.

"자네 같은 인간은 대자연의 실험실에서 만들어진 이 귀중한 보석이 내뿜는 빛을 먼발치에서나마 볼 자격조차 없소. 나처럼 현명한 인간이라면 그 위대한 석류석을 갖고 싶어 하는 단 하나의 목적이 있다오. 그 보석은 내게 과학적 명성을 안겨 줄 거라는 예감이 든단 말이지. 내가 석류석을 갖게 되면 곧장 유럽으로 돌아가서 그것의 주요 성분을 알아내는 데 내 여생을 바칠 거요. 석류석의 일부는 미세한 가루로 갈고, 일부는 산이나 다른 용매에 녹여서 혼합물을 만들 작정이오. 그리고 나머지는 도가니에 녹이거나 취관(녹인 유리의 모양을 잡을 때 입으로 바람을 불어 넣는 긴 대롱-역주)으로 불어서 불을 붙일 계획이지. 이처럼 다양한 방법으로 보석의 성분을 정확하게 분석한 후에 마침내 나의 공로를 커다란 책으로 만들어 세상에 알릴 생각이라오."

"거 참 대단하십니다!"

안경 낀 남자가 말했다.

"박학다식한 박사님께서는 그 보석의 연구를 위해서라면 그걸 파괴하는 데 일말의 주저함도 없으시다 이 말씀이로군요! 보석에 대해 분석한 박사님의 책을 읽은 사람이라면 누구나 그 위대한 석류석을 혼자서도 척척 만들어 낼 수 있을 테니 말이지요."

"하지만 말입니다……."

그때 이카보드 피그스놀트 선생이 입을 열었다.

"나는 그런 식의 위조품을 만드는 것에는 반대하는 입장입니다. 그건 진품의 가치를 떨어뜨리는 짓이나 마찬가지니까요. 솔직히 말하면, 나는 보석의 값어치를 유지하는 데 의미를 두고 있습니다. 나는 내가 평소에 하던 거래를 모조리 그만두고 이곳에 왔지요. 내 신용에 커다란 위협이 닥칠 것을 감수하고 창고를 점원들의 손에 맡겨 둔 채 말입니다. 게다가 저주받은 이교도 야만인(인디언을 뜻함-역주)들에게 붙잡히거나 죽임을 당할 위험도 각오했다 이 말씀입니다. 이 모든 일들은 교회의 신도들에게 감히 물어 보지도 않고 결정한 일입니다. 신도들은 거대한 석류석을 찾는 원정이 악마와의 거래와 다를 바 없다고 생각할 테니까요. 이처럼 저의 영혼과 육신, 그리고 명성과 재산에 누를 끼쳐가며 석류석을 찾으러 왔거늘, 그에 대한 합당한 이득이 있어야 될 게 아니겠습니까?"

"당신이야 물론 그러시겠죠. 훌륭하신 피그스놀트 선생."

안경을 낀 남자가 말했다.

"저는 당신을 비난할 정도로 바보는 아니랍니다."

"바라는 바로군요."

피그스놀트가 말했다.

"그 거대한 석류석을 내 평생 본 적은 없지만, 그게 내 손에 들어오기만 한다면 기꺼이 소유할 것입니다. 설령 그 보석의 광채가 소문의 백분의 일밖에 되지 않는다 해도 필시 무굴 황제가 가진 최고의 다이아몬드보다 가치가 있을 게 틀림없습니다. 그러니 나는 그 거대한 석류석을 배에 싣고 영국, 프랑스, 스페인, 이탈리아 혹은 하느님이 이끄신다면 이교도인들의 나라까지 항해를 떠날 작정이외다. 그리고 이 땅 위의 권력자들 중 가장 비싼 값을 부르는 이에게 보석을 팔 계획입니다. 그러면 이 보석은 왕관에 장식될 보석 중 하나가 되겠지요. 여러분들 중 이보다 더 현명한 계획을 가진 이가 있다면 어디 말해 보시지요."

"그보다 나은 계획이라면 나에게 있소. 이 탐욕스러운 사람 같으니!"

시인이 소리쳤다.

"당신은 금보다 더 밝고 찬란한 것은 알지 못하는군! 석류석의 이 영묘한 광채를 당신이 이미 탐닉하고 있는 하잘 것 없는 것으로 바꿀 생각만 하고 있으니 말이오. 나라면 그 보석을 내 외투자락 속에 숨긴 채 런던의 어두운 뒷골목에 있는 내 다락방에 은신할 것이오. 그리고 밤낮으로 그 보석을 바라보며 보석이 내뿜는 광휘를 내 영혼을 통해 음미하리다. 그리고 영혼으로 들이마신 그 광휘를 나의 지적 능력을 통해 드러내어 내가 짓는 시구 한 행 한 행이 눈부시게 빛나게 하겠소. 그리하여 긴 시간이 흘러 내가 죽은 뒤에도, 위대한 석류석의 광휘는 내 이름을 길이 밝힐 것이오."

"그러시군요, 시인 선생!"

안경을 낀 남자가 외쳤다.

"그 보석을 외투 자락 속에 숨기시겠다 이 말씀이군요! 그렇다면 보석의 찬란한 빛이 외투 틈으로 새어나와 마치 선생을 할로윈의 호박등처럼 보이게 하겠군요!"

"생각만으로도 끔찍하군."

갑자기 드 비어 공이 불쑥 외쳤다. 그 목소리는 상대할 가치도 없는 다른 일행을 향한 말이라기보다는 마치 스스로에게 하는 말 같았다.

"거대한 석류석을 누더기 같은 외투 자락 속에 넣어서 지저분하기 짝이 없는 런던의 뒷골목으로 가져갈 생각이라니 나로서는 상상도 할 수 없는 일이군. 나는 내 선조들이 지은 성의 거대한 회랑에 그 보석을 장식하겠어. 그 보석이 있을 만한 곳으로 그보다 어울리는 곳은 없을 테니 말이지. 그 거대한 석류석은 회랑에 걸린 갑옷과 깃발, 그리고 가문(家紋)이 새겨진 방패 위를 한밤중에도 대낮처럼 밝히며 영웅들을 기릴 것이오. 다른 모험가들의 헛된 목적에 비하면, 고결한 가문을 기리는 영광의 상징으로 거대한 석류석을 삼겠다는 나의 목적은 참으로 명예롭지 않은가. 거대한 석류석이 화이트 마운틴스에서 누리던 영광은, 드 비어 가문의 회랑에서 누리는 영광의 반도 되지 않을 것이오."

"참으로 고매하신 생각입니다."

안경을 낀 냉소적인 사내가 비굴한 웃음을 지으며 말했다.

"하지만 그 보석은 다소 음산한 빛을 낼 것 같으니, 성의 회랑에 두기보다는 공의 조상들이 누워 계신 지하납골당에 두는 것이 나을 것 같습니다. 그래야 공의 선조들의 영광이 더 진실하게 드러날 테니까요."

"아니, 그렇진 않을 겁니다."

아내의 손을 잡고 앉아 있던 젊은 시골 청년, 매튜가 입을 열었다.

"드 비어 공께서는 밝은 빛을 내는 보석의 특징을 고려하여 성의 회랑에 두실 생각을 하신 것입니다. 사실 한나와 저도 비슷한 목적으로 그 석류석을 찾고 있답니다."

"어떻게 말인가?"

드 비어 공이 놀라서 물었다.

"그 보석을 장식할 회랑이 있는 성을 갖고 있기라도 하단 말이냐?"

"성은 없습니다."

매튜가 대답했다.

"대신, 크리스털 힐스가 한눈에 보이는 소담한 우리 시골 오두막집에 그 보석을 둘 생각입니다. 아시겠지만, 한나와 저는 지난주에 결혼식을 올렸지요. 그리고 우리는 긴 겨울밤을 밝힐 빛이 필요해서 위대한 석류석을 찾아 나서게 된 것입니다. 우리 집을 찾아온 이웃 분들께 그 보석이 내뿜는 찬란한 빛을 보여주면 다들 그 아름다움에 경탄을 금치 못할 테지요. 그 보석은 구석에 떨어진 핀을 찾을 수 있을 만큼 집안을 밝게 비출 것입니다. 그리고 밖에서 보면 엄청난 소나무 장작을 피운 것처럼 거대한 불빛이 창문이란 창문을 모조리 벌겋게 밝힐 테지요. 그러면 우리가 한밤중에 잠에서 깨어나도 서로의 얼굴을 볼 수 있을 테니 참으로 즐겁지 않겠습니까!"

이 땅 위의 가장 위대한 제왕이 자신의 궁전에 장식하고 싶어 할 정도로 가치 있고 경이로운 보석을 고작 그런 식으로 이용하겠다는 젊은 부부의 소박하고 단순하기 짝이 없는 계획을 듣고 좌중은 피식거리는 웃음을 지었다. 특히 모든 일행에게 차례차례 냉소를 보냈던 안경 낀 남자는 이제 만면에 심술 가득한 미소를 짓고 있었다. 매튜는 안경 낀 남자에게 다소 언짢은 눈빛으로 그러면 당신은 거대한 석류석으로 무얼 할 거냐고 물었다.

"거대한 석류석이라!"

그는 이루 말할 수 없을 만큼 경멸스런 표정을 지으며 입을 열었다.

"이런 멍청이 같은 인간들을 봤나. 본질적으로 그런 건 존재하지 않아! 그런 걸 믿다니 다들 아주 어리석기 짝이 없군. 나는 3천 마일이 넘는 곳에서 여기까지 와서, 자네들보다 조금 덜 멍청한 인간들에게 거대한 석류석이 완전히 사기라는 걸 증명하기 위해 산의 봉우리마다 내 발자국을 찍고, 산 속의 골짜기란 골짜기는 남김없이 들여다보기로 맹세했지."

대부분의 모험가들을 이곳 크리스털 힐스로 데려온 동기는 비록 헛되고 어리석은 것이기는 했으나, 이 거대한 안경을 쓴 냉소가만큼 허무하고 어리석으며 불경스러운 이는 없었다. 그의 열망은 하늘이 아니라 어둠에 굴복했으며, 그의 성정은 비열하고 사악했다. 그는 신이 인간을 위해 밝힌 빛을 꺼뜨리고, 한밤의 어둠을 최고의 영광으로 삼는 부류의 인간이었다.

냉소가가 말하고 있는 동안, 일행 중 몇몇은 벌겋게 빛나는 한 줄기 광휘를 보고 깜짝 놀랐다. 그 빛은 주위를 둘러싼 산들의 거대한 형체와 소용돌이치는 강의 바닥면의 돌이 보일 정도로 밝았으며, 그 붉은 번뜩임은 숲속 나무들의 줄기와 검은 가지들에서 타오르는 모닥불의 불빛과는 사뭇 다른 광채를 띠고 있었다.

일행은 뒤이어 '우르르 쾅'하는 천둥소리가 들려올까 싶어 귀를 기울였지만 아무 소리도 들리지 않았다. 그들은 폭풍우가 다가오지 않는다는 데 안도했다. 천계의 시계와도 같은 별들은 이제 모험가들이 활활 타오르는 모닥불 옆에서 눈을 감고, 거대한 석류석의 광휘를 꿈꾸면서 잠을 청할 것을 경고하고 있었다.

젊은 신혼부부는 나머지 일행으로부터 멀리 떨어진 움막의 구석에서 잠잘 채비를 했다. 두 사람과 다른 일행 사이에는 결혼식 전날 걸어 놓는 꽃줄 장식처럼 잔가지를 정교하게 엮어 만든 커튼이 드리워졌다. 그 커튼은 사람들이 이야기를 나누는 동안 정숙한 젊은 아내가 손수 엮은 것이었다. 한나는 남편과 부드럽게 손을 맞잡은 채 잠이 들었다. 두 사람은 꿈속에서 석류석의 비현실적인 광휘를 보았고, 서로의 눈빛에서 더 큰 축복의 빛을 마주하며 잠에서 깨어났다. 동시에 잠에서 깨어난 두 사람은 얼굴 가득 행복한 미소를 띤 채 서로를 마주보았다. 서로에 대한 사랑과

현실을 깨닫자, 두 사람의 미소는 한층 더 짙어졌다. 하지만 한나가 잔가지를 엮어 만든 커튼 틈으로 외부의 정경을 힐끗 쳐다보았을 때, 그녀는 천막 안이 이미 텅 비어 있다는 사실을 깨달았다.

"어머, 매튜!"

한나가 다급히 외쳤다.

"다른 사람들이 다들 가버렸어요. 서두르지 않으면 거대한 석류석을 놓칠지도 몰라요!"

사실 이 젊고 가난한 부부에게는 저편에 기다리고 있을 석류석에 대한 보상이 크지 않았기에, 이들은 산봉우리들이 햇살을 받아 반짝일 때까지 평화롭게 푹 잠들 수 있었다. 반면, 다른 모험가들은 한밤 내내 잠을 이루지 못해 몸을 뒤척이거나, 혹은 벼랑 끝에 매달리는 꿈에 시달리다 새벽빛이 비쳐들기가 무섭게 자신들의 꿈을 실현하기 위해 서둘러 출발했던 것이다.

하지만 숙면을 취했던 매튜와 한나는 생기발랄한 두 마리의 사슴처럼 몸이 가벼웠다. 두 사람은 기도를 마친 후에 애머누석 강의 차가운 물에 몸을 씻었다. 그들은 간단히 요기를 한 후에 산비탈을 돌아보았다. 그것은 험준한 산비탈을 오를 때 두 사람이 함께 힘을 모으리라는 부부간의 애정에 대한 달콤한 상징과도 같았다.

겉옷이 찢어지고, 신발 한 짝을 잃어버리고, 한나의 머리카락이 나뭇가지에 걸려 잔뜩 헝클어지는 등의 소소한 사고들을 겪으며, 두 사람은 숲의 위쪽 경계면에 이르렀다. 이제 그들의 앞에는 한층 더 험준한 모험이 기다리고 있었다. 지금까지 정신없이 지나쳐온 셀 수 없는 나무줄기들과 묵직한 나뭇잎 대신, 이제는 바람과 구름, 그리고 벌거벗은 암석들이 황량한 햇살을 받으며 위쪽으로 광대하게 펼쳐져 있었다. 자신들이 올라왔던 어슴푸레한 황무지를 가만히 뒤돌아본 두 사람은 다시 그곳으로 내려가고 싶은 마음이 간절했다. 그들은 자신들이 앞으로 가야 할 광활하고 고독한 황야를 올라갈 엄두가 나지 않았던 것이다.

"계속 갈 건가요?"

매튜가 한나를 보호하듯 그녀의 허리에 두 팔을 감고 가까이 끌어당기며 스스로를 안심시키듯 말했다.

하지만 어린 신부는 여자들이 으레 그러하듯 보석에 대한 천진한 갈망을 갖고 있었기에, 설령 위험이 따른다 해도 세상에서 가장 밝은 보석을 가질 수 있다는 희망을 쉽게 포기할 수 없었다.

"조금만 더 높이 올라가 봐요."

한나는 고독하고 황량한 하늘을 올려다보며 떨리는 목소리로 속삭였다.

"그럼 갑시다."

매튜는 용기를 끌어 모으며 말했다. 그리고 어느새 다시 겁에 질린 한나를 꼭 끌어안은 채 나란히 걷기 시작했다.

거대한 석류석을 찾기 향해 산 위로 올라가던 순례자들은 이제 왜소한 소나무 가지들이 빽빽하게 얽힌 산꼭대기를 지나고 있었다. 수백 년 동안 자란 소나무들은 3피트도 되지 않아 높이는 나지막했지만, 대신 긴 세월을 증명이라도 하듯 이끼들이 빼곡히 덮여 있었다. 이윽고 그들은 수많은 돌들이 마구잡이로 쌓여 있는 거대한 돌무더기 앞에 이르렀다. 그것은 마치 위대한 추장을 기념하기 위해 거인들이 세운 돌무덤 같았다. 산 위쪽의 냉혹한 지대에서는 공기가 희박하여 아무것도 자라지 못했다. 그곳에는 한나와 매튜의 고동치는 심장 외에는 어떤 생명체도 없었다. 두 사람이 너무나 높이 올라왔기에, 이제는 대자연조차 더 이상 그들과 동행하지 않는 듯했다. 대자연은 초록빛 삼림의 경계 안에 머문 채, 한나와 매튜가 대자연의 초록빛 발자국이 한 번도 밟지 않은 미지의 땅으로 벗어나는 순간, 두 사람에게 작별의 인사를 고했다. 그렇게 그들은 대자연의 눈에서 감추어져 버린 것이다.

어둡고 짙은 안개가 중심을 향해 느릿느릿 모여들며 거대한 풍경 속에 검은 그림자를 드리우기 시작했다. 그것은 마치 가장 높이 치솟은 산봉우리가 자신의 일가인 구름들을 중앙으로 불러 모으는 것 같은 모양새였다. 마침내 그 안개들은 서로 뭉쳐 마치 방랑객들이 걸어왔던 도로와 비슷한 형상을 만들어냈다. 하지만 그 길은 그들이 찾아 헤매던 축복받은 길이 아니라 헛된 길일 터였다. 그리고 한나와 매튜는 그 구름 가득한 하늘 아래에서, 이제껏 염원해 왔던 석류석의 천상의 빛을 보기보다는 오히려 친숙한 초록빛 땅을 볼 수 있기를 더욱 더 애타게 갈망했다.

안개가 서서히 산을 타고 위로 올라가 외로운 봉우리를 완전히 가리고, 이로써 주변에 아무것도 보이지 않게 되자, 두 사람은 차라리 그 외로움에 안심했다. 그들은 주위를 온통 에워싼 거대한 구름이 서로를 바라보는 자신들의 시야마저 빼앗아 버릴 것을 두려워하며 애정이 가득 담긴 애처로운 눈빛으로 서로를 바라보며 꼭 끌어안았다.

아마 두 사람은 발 디딜 곳이 있기만 하다면, 하늘과 땅 사이의 가장 높은 곳까지 가능한 멀리 올라가기로 마음을 먹었을지도 모른다. 적어도 한나가 지쳐 쓰러지지만 않았더라면. 그리고 그녀의 용기가 지친 몸과 함께 한풀 꺾이지만 않았더라면.

한나의 숨소리는 점점 가파졌다. 그녀는 남편에게 부담을 주지 않으려고 필사적으로 발걸음을 옮겼지만, 번번이 비틀거리다 이내 가까스로 몸을 추스르곤 했다. 결국 한나는 경사진 바위 위에 그대로 쓰러지듯 주저앉고 말았다.

"우린 길을 잃었어요, 매튜."

한나가 슬픈 목소리로 입을 열었다.

"이제 아래로 내려가는 길을 영영 찾을 수 없을 것만 같아요. 우리가 오두막에서 지내던 날들이 얼마나 행복했는지!"

"여보, 앞으로도 그곳에서 행복하게 살 수 있어요."

매튜가 대답했다.

"저길 봐요. 이쪽 방향에서 햇살이 저 음산한 안개 사이를 뚫고 나오고 있는 게 보이죠? 저 빛을 길잡이 삼아 산골짜기의 통로로 곧장 가는 길을 찾을 수 있을 거예요. 이제 돌아갑시다, 내 사랑. 그리고 거대한 석류석에 대한 꿈은 이만 접읍시다."

"태양이 저 위치에 있을 리가 없어요."

한나가 낙담한 목소리로 말했다.

"지금쯤이면 분명 정오쯤 되었을 거예요. 그렇다면 태양이 저기에 있는 게 아니라 우리 머리 위에 있어야 한다고요."

"하지만 똑바로 봐요!"

매튜가 다소 격양된 목소리로 말했다.

"빛이 쉬지 않고 비추고 있잖아요. 저것이 태양빛이 아니라면 도대체 뭐란 말이겠어요?"

　젊은 아내는 안개 속을 뚫고 나오는 그 희미한 빛이 안개를 거무스름한 붉은 빛으로 물들이고 있다는 사실을 부정할 수 없었다. 그 빛은 밝은 알갱이들이 어둠과 함께 스며드는 것처럼 점점 더 선명해져 갔다. 이제 구름은 느릿느릿 산에서 물러나기 시작했고, 이윽고 어떤 모호하고 어둑한 물체가 서서히 모습을 드러냈다. 그것은 마치 태초의 혼돈에 완전히 삼켜져 있던 불가해한 무언가가 새로운 창조의 결과로 생겨난 것만 같았다. 어느덧 그들은 자신들의 발 근처에서 물이 반짝반짝 빛나며 물이 찰랑거리는 것을 보았고, 그제야 자신들이 호숫가에 서 있다는 사실을 깨달았다. 단단한 바위가 움푹 파인 지형에 물이 고여 만들어진 그 깊고 투명한 호수는 고요하고 아름답게 반짝였다.

　그 호수의 수면 위로는 신비로운 한 줄기 광채가 영롱하게 빛나고 있었다. 두 사람의 순례자들은 그 빛이 비추는 곳을 바라보려 했지만, 이내 경외심으로 몸을 떨며 눈을 질끈 감고 말았다. 마법에 걸린 호수 위의 절벽 꼭대기에서 강렬한 광휘를 내뿜는 그 경이로운 빛 때문에 도무지 눈을 뜰 수가 없었던 것이다.

　이 소박한 부부는 자신도 모르는 사이에 그 신비한 호수에 도착했고, 마침내 그들이 오랫동안 찾아 헤매던 거대한 석류석의 성역을 발견했던 것이다. 그들은 두 팔로 서로의 몸을 부둥켜안은 채, 자신들이 거둔 성공에 몸을 떨었다. 순간, 이 경이로운 보석의 전설에 대한 기억이 떠오르며, 자신들이 그 전설 속 운명의 주인공이 되었다는 생각이 들자 두려워졌던 것이다.

어린 아이였을 때부터 그들은 멀리 떨어진 별처럼 빛나는 이 보석을 보며 자랐고, 이제 그 별은 그들의 심장 속에 가장 강렬한 빛을 던지고 있었다. 두 사람은 각자의 뺨 위에서 타오르듯 빛나는 붉은 광채를 바라보며 서로의 눈빛을 주고받았다. 그 빛은 호수와 바위들, 그리고 하늘을 공평하게 밝게 비추었으며, 이제 힘을 잃고 뒤로 물러난 안개 역시 골고루 비추고 있었다. 하지만 다음 순간, 두 사람은 그 거대한 석류석보다도 더 강하게 시선을 사로잡는 존재에 시선을 빼앗겼다.

그것은 거대한 석류석 바로 아래에 있는 절벽 바닥에서 기어 올라가려는 듯한 남자의 형체였다. 남자는 석류석의 광휘를 전부 빨아 마시기라도 하려는 듯 석류석 쪽으로 얼굴을 향한 채, 두 팔을 죽 뻗고 있었다. 하지만 남자의 움직임에는 미동 하나 없었으며, 그의 모습은 마치 대리석처럼 딱딱하게 굳어 있었다.

"추적자예요."

한나가 떨리는 손으로 남편의 팔을 꽉 움켜쥔 채 속삭였다.

"매튜, 저 사람은 죽었어요."

"석류석을 찾았다는 기쁨에 겨워서 죽은 거로군요."

매튜가 몸을 떨며 말했다.

"아니면 거대한 석류석의 빛이 그를 죽였을지도."

"거대한 석류석이라니!"

별안간 뒤에서 성마른 목소리가 들려왔다.

"석류석 따위는 말도 안 되는 사기라고! 당신들이 그걸 찾았다면, 부디 나한테도 알려 달라고!"

두 사람은 고개를 돌렸다. 그곳에는 거대한 안경을 조심스레 코에 걸친 냉소가가 서 있었다. 냉소가는 호수를 바라보았다가, 바위들을 바라보았다가, 저 멀리 있는 안개를 바라보았다가 마침내 거대한 석류석에 시선을 멈추었다. 하지만 그는 마치 자신의 주위에 온통 구름이라도 두르고 있는 것처럼 석류석의 강렬한 빛을 전혀 의식하지 못하는 듯했다. 그가 영광스러운 보석에서 등을 돌렸을 때, 석류석의 광휘가 그 불신자의 발부리에 빛의 그림자를 드리웠음에도 불구하고, 그는 거기에 빛이 있다는 것을 깨닫지 못했다.

"그 속임수 같은 석류석은 도대체 어디 있다는 거야?"

그는 말을 이었다.

"제발 나에게 좀 보여 달라고!"

"저기 있잖아요!"

매튜는 석류석을 눈앞에 두고서도 보지 못하는 냉소가를 향해 격앙된 목소리로 외쳤다. 그러고는 석류석의 빛으로 온통 번쩍이는 절벽 쪽을 향해 그를 돌려 세우며 말했다.

"제발 그 지긋지긋한 안경을 벗어 버려요. 그러면 보기 싫어도 볼 수밖에 없을 테니까."

냉소가의 색안경은 아마도 일식을 관측하기 위해 사람들이 끼는 짙은 안경처럼 그의 시야를 어둡게 만들고 있었던 것이 틀림없었다. 냉소가는 허세가 가득한 태도로 자신의 코에 걸치고 있던 안경을 홱 잡아채서 벗어 던지고는, 거대한 석류석의 붉은 빛에 그대로 시선을 고정했다.

하지만 그가 석류석을 마주한 바로 그 순간, 그는 낮고 몸서리쳐지는 기괴한 신음소리를 내며 그대로 고개를 떨어뜨리고는 양손으로 가련한 두 눈을 질끈 눌렀다. 사실상 그 순간부터 거대한 석류석의 빛은 물론, 이 땅의 모든 불빛과 하늘의 빛은 그 가엾은 냉소가로부터 사라져 버리고 말았다. 오랫동안 한 줌의 빛도 들어오지 않던 안경을 통해 세상을 바라보는데 익숙해진 냉소가의 맨눈에 석류석이 발하는 눈부신 빛이 단 한번 마주 닿은 순간,

그는 영영 눈이 멀어 버리고 만 것이다.

"매튜……."

한나가 매튜에게 매달리며 말했다.

"이제 가요."

매튜는 거의 실신할 듯 무릎을 꿇고 매달린 한나를 자신의 팔에 기대게 한 후, 몸이 떨리도록 시린 호수의 물을 떠서 한나의 얼굴과 가슴을 적셔 주었다. 한나는 가까스로 정신을 차렸지만, 용기를 되찾지는 못했다.

"사랑하는 당신……."

매튜는 부들부들 떨고 있는 한나의 몸을 바싹 끌어안으며 말했다.

"이제 우리의 소박한 오두막으로 돌아갑시다. 축복받은 햇살과 조용한 달빛이 우리 집 창문을 비추는 그곳으로 말이지요. 황혼이 질 무렵에는 난로에 불을 붙이고, 기분 좋게 타오르는 그 불빛을 보며 행복을 누립시다. 하지만 온 세상이 우리와 나누는 빛보다 더 많은 걸 바라지는 맙시다."

"맞아요."

아내가 말했다.

"석류석의 경이로운 빛이 낮과 밤 동안 쉴 새 없이 비춘다면,

우리가 어떻게 낮을 보내고 밤에 잠들 수 있겠어요?”

두 사람은 두 손을 모아 호수의 물을 담아 목을 축였다. 속세의 그 누구의 입술에도 닿은 적이 없는 그 물은 더없이 맑고 청명했다. 두 사람은 눈이 먼 냉소가를 인도하여 산을 내려가기 시작했다. 냉소가는 비참한 심경에 사로잡혀 한 마디도 하지 않았고, 심지어 신음소리조차 내뱉지 않았다. 누구의 발길도 닿지 않은 그 정령의 호숫가를 떠날 때, 그들은 절벽을 바라보며 작별 인사를 고했다. 이내 짙은 안개가 자욱해졌고, 보석은 안개 속에 잠겨 서서히 빛을 잃고 어슴푸레해져갔다.

거대한 석류석을 찾아 헤매던 다른 순례자들에 대한 이야기를 이어가자면, 고매한 이카보드 피그스놀트 선생은 심사숙고 끝에 거대한 석류석을 찾고자 하는 자신의 임무를 포기하고, 보스턴의 항구 근처에 있는 자신의 창고로 돌아가기로 결심했다. 하지만 산골짜기를 통과하는 동안 그는 호전적인 한 무리의 인디언들에게 붙잡히고 말았다. 우리의 불우한 상인은 몬트리올로 잡혀가 거액의 몸값이 지불될 때까지 그곳에서 꽁꽁 묶여 있어야 했다. 결국 그는 자신이 모아 놓은 소나무 실링화의 대부분을 잃고 나서야 간신히 풀려났다. 설상가상으로 그가 오랫동안 자리를 비운 사이에 그의 사업은 순탄치 못한 길을 걸었고, 결국 그는 여생 동안 은화를 쌓아 놓고 뒹굴기는커녕 6펜스짜리 동전조차 가지지 못한 빈털터리 신세가 되고 말았다.

연금술사인 카카포델 박사는 석류석 대신 경이로운 화강암 조각 하나를 찾아내어, 자신의 실험실로 돌아갔다. 실험실에서 그는 화강암 조각을 잘게 빻은 후 산에 융해시켜 도가니에 넣고 팔팔 끓여서 녹인 후에 취관으로 그을렸다. 그런 다음 자신의 실험 결과를 정리하여 가장 두꺼운 책으로 출판했다. 이 모든 목적을 실행하는데 거대한 석류석은 화강암보다 딱히 더 좋은 답을 내지는 못했을 터였다.

카카포델 박사와 마찬가지로, 석류석 대신 볕이 들지 않은 산중의 깊은 골짜기에서 거대한 얼음 덩어리를 찾아 낸 시인은 모든 면에서 그 얼음 덩어리가 거대한 석류석과 일치한다고 단언했다. 훗날 비평가들은 그의 시에서 보석의 광휘와 같은 강렬한 묘사는 부족하지만, 얼음 같은 차가움은 고스란히 담겨 있다고 평가했다.

자신의 조상들을 모신 회랑으로 돌아간 드 비어 공은 작은 초가 달린 천장의 샹들리에만으로도 기꺼이 만족했다. 그리고 상당한 시간이 흐른 후에 그 납골당에는 그의 관 하나가 추가되었다. 장례식의 횃불이 어두운 납골당을 어슴푸레하게 밝혀 주었기에, 그곳에서는 거대한 석류석처럼 세속적인 허식 따위는 아무 필요가 없었다.

안경을 벗어 버린 냉소가는 비참하게 세상을 떠돌아다녔다. 예전에 자발적으로 빛을 거부했던 것에 대한 죗값으로 그는 이제 빛에 대한 열망에 시달리게 되었다. 그는 광채를 잃고 시들어 버린 두 눈으로 밤새도록 달과 별을 올려다보곤 했다. 또 그는 아침 해가 뜰 때면 페르시아의 이교도인처럼 꼬박꼬박 태양이 떠오르는 동쪽 방향으로 얼굴을 향했다. 그는 성 베드로 성당의 장엄한 불빛을 보기 위해 로마로 순례를 떠났으며, 결국 런던 대화재(Great Fire of London: 1666년 9월 2일 새벽 2시경, 빵 공장에서 일어난 불이 런던 시내로 번진 대화재. 5일간 87채의 교회, 1만 3천여 채의 집이 불탔다. 당시 인구 8만 명 중 7만여 명이 집을 잃고 노숙자가 되었다–역주)에서 목숨을 잃었다. 그는 지상에서 천상으로 솟구쳐 오르는 불길 한 점이라도 잡아 보겠다며 필사적으로 화재 한가운데 몸을 던졌다가 불길 속에서 최후를 맞고 말았다.

매튜와 아내는 여러 해 동안 평화로운 나날들을 보냈고, 사람들에게 거대한 석류석의 전설에 대한 이야기를 들려주는 것을 좋아했다. 하지만 시간이 지나면서 그 이야기는 그 보석의 오래전

의 광휘를 기억하고 있던 사람들의 기대를 충분히 만족시키지 못
했다. 두 사람이 속세의 모든 것들을 어둡게 만들 정도로 밝게 빛
나는 아름다운 보석을 거부하는 현명한 선택을 한 순간부터 그 보
석의 광휘가 약해졌기 때문이다.

　우리의 순례자들이 다시 그 절벽에 찾아갔을 때, 그들은 자
잘한 돌비늘들이 붙어 있을 뿐 광택은 없는 돌 하나를 발견했을
뿐이다. 또 다음과 같은 이야기도 전해진다. 젊은 부부가 그 보석
을 떠날 때, 절벽에 박혀 있던 보석이 흔들거리며 떨어져서 그 신
비한 호수에 빠졌다는 것이다. 그리고 정오가 되면 그 보석의 억
누를 수 없는 빛을 보기 위해 몸을 구부리고 있는 추적자의 모습
을 여전히 볼 수 있다고도 했다.

　어떤 이들은 이 불가사의하고도 고귀한 보석이 여전히 예전
처럼 눈부시게 불타오른다고 믿고 있으며, 사코 계곡에서 한여름
의 번갯불처럼 빛나는 광채를 목격했다는 사람들도 있다. 크리스
털 힐스에서 수마일 떨어진 곳에서 나는 그 산꼭대기 주변에서 반
짝이는 경이로운 빛을 본 적이 있다. 고백하건대, 그 빛을 본 순간
나 역시 거대한 석류석을 향한 순례자가 되고 싶다는 시적 신념에
사로잡히고 말았다.

Nathaniel Hawthorne

호손의 인생 수업

2교시

'운명'에 대하여

MR. HIGGINBOTHAM'S
CATASTROPHE

히긴바텀 씨의 비극

● 담배를 파는 젊은 행상인 하나가 새먼강 근처의 파커스폴스에 있는 마을로 향하고 있었다. 그는 조금 전 모리스타운에서 셰이커 교도(1747년 영국 퀘이커의 신앙부흥 운동 때 출현한 일파로, 예배하는 동안 격렬하게 신체를 흔들면서 춤을 추기 때문에 셰이커라고 불리게 되었다. 재산 공유, 세속과의 분리, 독신주의 등을 원칙으로 한다 – 역주)들의 정착지 집사에게 제법 상당한 양의 담배를 팔아치운 참이었다. 남자는 초록색으로 칠한 깔끔한 짐마차를 몰고 있었는데, 마차 양쪽에는 담배 상자가 그려져 있었고 뒤쪽에는 황금색 담배 줄기와 파이프를 물고 있는 인디언 추장의 그림이 있

었다. 자그맣고 영리한 암말을 몰고 가는 이 행상인은 가격을 시원하게 깎아줌으로써 대량 판매에 능한 장사꾼들인 양키(미국 북부, 특히 뉴잉글랜드 지방 사람 – 역주)에 뒤지지 않을 만큼 거래에 능하고 계산이 빠른 똑똑한 젊은이였다. 특히 그는 코네티컷의 아리따운 아가씨들에게 인기가 많았는데, 그 이유는 그가 뉴잉글랜드의 시골 아가씨들이 대부분 파이프 담배의 애호가라는 사실을 알고서, 최고급 담배를 선물하며 이들에게 구애를 하곤 했기 때문이다. 게다가 차차 이 이야기를 듣다 보면 알 수 있겠지만, 이 행상인은 늘 호기심이 많았고, 새로운 소식을 들을 때마다 그걸 다른 이들에게 이야기하고 싶어 입이 근질근질할 정도로 수다스러운 사내였다.

그 담배 행상인의 이름은 도미니커스 파이크였다. 그는 모리스타운에서 이른 아침식사를 마친 후에, 자그마한 잿빛 암말과 두런두런 이야기를 나누며 적막한 숲을 7마일째 여행하는 중이었다. 오전 7시쯤 되자, 그는 도시의 상점 주인이 조간신문을 읽는 것처럼 어디 새로운 소식이 있나 알고 싶어 바짝바짝 애가 탈 정도였다. 그러던 참에 마침내 기회가 찾아왔다. 그가 언덕 마루에 자신의 초록색 마차를 세워 놓고 선글라스를 낀 채 시가에 불을 붙이고 있을 때, 언덕 마루를 넘어서 한 남자가 걸어오고 있는 모습을 발견했던 것이다.

　도미니커스는 남자가 언덕을 내려오는 모습을 가만히 지켜보았다. 남자는 짐꾸러미를 매단 막대 끝을 한쪽 어깨에 지고서, 다소 지쳐 보이지만 제법 단호한 걸음걸이로 걷고 있었다. 남자는 밤새도록 걸어온 모양새로, 아침의 상쾌함 따위와는 거리가 먼 후줄근한 차림새였고 종일 내내 그럴 것만 같았다.

　"안녕하세요."

　남자에게 목소리가 닿을 수 있을 정도로 둘 사이의 거리가 좁혀졌을 때, 도미니커스는 큰 소리로 말을 건넸다.

　"걸음걸이가 참 멋지세요. 파커스폴스에서 새로운 소식은 없나요?"

　남자는 잿빛 모자의 넓은 차양을 눈 쪽으로 푹 당겨 내리고는 다소 불퉁한 목소리로 자신은 파커스폴스에서 오는 길이 아니라고 대답했다. 사실 파커스폴스는 도미니커스가 하루 동안 갈 수 있는 가장 먼 거리였기에 자연스럽게 그곳을 언급했던 것이다.

　"그렇군요."

　도미니커스 파이크가 대꾸했다.

　"그럼 당신이 온 곳에서 가장 최근의 소식은 뭔가요? 사실 파커스폴스를 콕 집어서 물어본 건 아니었거든요. 아무 곳이나 상관없어요. 최신 소식이 궁금해서 말이지요."

도미니커스가 끈덕지게 물어오자, 여행객(사실 이 여행객은 이
토록 적막한 숲에서 마주치기에는 다소 고약한 인상의 사내였다)은 잠시
주저하는 듯했다. 그의 태도는 새로운 소식을 생각해 내려는 것
같기도 하고, 혹은 그걸 어떻게 설명하면 좋을지 가늠하는 것처럼
보이기도 했다. 마침내 남자는 짐마차의 계단에 털썩 주저앉더니,
다른 이가 들으면 큰일이라도 날 소리인 것처럼 도미니크의 귀에
대고 속삭이듯 말했다. 비록 그가 큰 소리로 이야기한다 해도 주
변에는 달리 들을 사람이 아무도 없었는데도 말이다.

"뭐 대단한 소식은 아니지만, 들은 게 하나 있소만……."

남자가 입을 열었다.

"킴벌턴에 사는 히긴바텀 씨라는 노인이 지난 밤 여덟 시에
과수원에서 아일랜드인과 흑인에게 살해당했다고 하더군요. 놈들
은 성 미카엘의 배나무에 시신을 매달아 놓았는데, 아침이 될 때
까지 아무도 몰랐더랍니다."

도미니커스는 더 소상한 이야기를 전해 듣고자 스페인 시가
에 불을 붙여 남자에게 건넸다. 하지만 남자는 이 끔찍한 소식을
전하기가 무섭게 그런 도미니커스를 돌아보지도 않고, 전보다 더
빠른 걸음걸이로 길을 떠나는 게 아닌가.

도미니커스는 자신의 암말을 향해 휘익 휘파람을 불고는 언덕을 올라갔다. 그는 히긴바텀 씨의 안타까운 운명을 머릿속으로 곱씹고 있었다. 히긴바텀 씨는 그와 몇 차례 거래한 적이 있어 안면이 있는 인물이었다. 그는 히긴바텀 씨에게 장초와 피그테일(가늘게 꼰 담배 – 역주), 그리고 씹는 담배와 단초 등을 제법 많이 팔았던 것이다.

　　그러다 문득 도미니커스는 이곳에서 직선거리로 거의 60마일이나 떨어져 있는 킴벌턴에서 일어난 소문이 이토록 빨리 퍼졌다는 사실에 적잖이 놀랐다. 살인자들이 범행을 저지른 건 불과 지난밤이었고, 도미니커스가 그 소식을 전해들은 것은 오늘 아침 일곱 시였다. 그 가엾은 히긴바텀 씨의 가족이 성 미카엘의 배나무에 매달린 그의 시신을 발견한 것은 오늘 아침이었을 터였다. 그 나그네가 '7리그 장화'(Seven-league boots: 옛날이야기 「Hop-o'-my-Thumb」에 나오는 한 걸음에 7리그(약 21마일)를 걸을 수 있다는 신발 – 역주)라도 신고 있었던 걸까? 그렇지 않고서야 60마일이나 떨어진 곳에서 오늘 아침에 있었던 소식을 전할 수 있을 리가 없지 않은가.

　　"나쁜 소식은 순식간에 퍼진다더니, 과연······."
　　도미니커스 파이크는 생각했다.

"하지만 아무리 그래도 그렇지, 이건 거의 기차만큼이나 빠르군. 그 친구를 대통령의 전갈을 전하는 사람으로 고용하면 아주 쓸 만하겠어."

이 난제에 대해서는 그 남자가 사건 발생 날짜를 하루 착각했다고 가정함으로써 해결되었다. 이런 결론을 내린 후에, 도미니커스는 자신이 들른 선술집과 동네 상점마다 스무 명 이상의 경악한 청중들에게 상당량의 스페인 담배를 건네며 서슴없이 히긴바텀 씨의 비극에 얽힌 소식을 전했다. 그는 언제나 이런 소식을 전하는 첫 번째 인물이었기에, 사람들은 그에게 이런저런 질문을 끈질기게 물어 왔고, 도미니커스는 믿을 만한 화자로 남기 위해 이야기에 슬며시 살을 덧붙이는 일을 마다하지 않았다.

그러던 와중에 도미니커스는 이 사건을 뒷받침하는 증거를 하나 알게 되었다. 히긴바텀 씨는 장사꾼이었는데, 한때 히긴바텀 씨의 밑에서 점원으로 일했던 어느 남자의 말에 따르면 히긴바텀 씨는 가게에서 챙겨 온 돈과 유가 증권 등을 주머니에 넣은 채 과수원을 가로질러 집으로 가곤 했다는 것이다.

그 점원은 히긴바텀 씨의 비극에 대한 슬픔 따위는 전혀 내비치지 않은 채, 히긴바텀 씨가 바이스(공작물을 끼워 고정하는 기계 - 역주)처럼 앞뒤가 꽉 막힌 괴팍한 인물이었다고 말했다. 그리고 그의 전 재산은 킴벌턴의 학교에서 교사로 일하고 있는 어여쁜 조카에게 상속될 것이라고 덧붙였다.

사람들에게 새로운 소식을 전함으로써 공익을 실현하고, 자신을 위해서는 제법 쏠쏠한 판매를 달성하느라 다소 여정이 지체되었던 탓에, 도미니커스는 파커스폴스에서 5마일쯤 떨어진 여인숙에서 하룻밤 묵어가기로 결정했다.

저녁식사를 마친 후, 도미니커스는 최고급 시가에 불을 붙이고 바에 앉아, 히긴바텀 씨의 살인사건에 관한 이야기를 시작했다. 그 이야기는 어느새 제법 살이 붙어서, 이야기를 마치기까지 거의 삼십 분이 걸릴 정도로 길어져 있었다. 술집에는 스무 명 남짓한 사람들이 있었는데, 그중 열아홉은 복음이라도 듣는 것처럼 도미니커스의 이야기에 귀 기울여 경청하는 중이었다.

하지만 조금 전에 말을 타고 막 도착한 나이 지긋한 농부 하나만은 예외였다. 그는 구석자리에서 뻐끔뻐끔 파이프 담배를 비우며 도미니커스의 이야기를 듣고 있었다. 도미니커스가 이야기를 마치자, 그 농부는 천천히 자리에서 일어나 그의 의자를 도미니커스 앞으로 끌어왔다. 농부는 도미니커스가 이제껏 맡아본 것 중 가장 지독한 담배 냄새를 풍기면서 그의 얼굴을 찬찬히 뜯어보기 시작했다.

"자네, 그 말이 진실이라고 선언할 수 있나?"

농부는 마을판사처럼 심문하는 어조로 말했다.

"킴벌턴의 히긴바텀 나리가 그저께 밤에 자신의 과수원에서 살해당했고, 거대한 배나무에 매달린 시신이 어제 아침에 발견된 게 정말 사실인가?"

"저는 들은 대로 말했을 뿐입니다."

도미니커스는 반쯤 타다 만 시가를 바닥에 떨어뜨리며 대답했다.

"저는 제가 직접 봤다고 한 적은 없습니다. 그러니 히긴바텀 씨가 정확히 그런 식으로 살해되었다는 선서를 할 수는 없지요."

"하지만 나는 할 수 있지."

농부가 말했다

"만일 히긴바텀 나리가 그저께 밤에 살해당하셨다면 내가 오늘 아침에 함께 맥주를 마신 이는 히긴바텀 나리의 유령이 틀림없겠구먼. 그분은 내 이웃인데 오늘 아침에 내가 말을 타고 그분의 가게 앞을 지날 때, 나를 불러 맥주 한잔을 사 주시면서 소소한 심부름을 좀 해 달라고 부탁하셨지. 그분은 본인이 살해당했다는 사실은 전혀 모르고 있는 것 같던데."

"그럴 리가 없어!"

도미니커스 파이크는 큰 소리로 외쳤다.

"만일 본인이 살해당했다면, 그분이 그 사실을 내게 알려 주었을 텐데 말이지."

늙은 농부가 말했다. 그런 다음 그는 의자를 구석으로 물리고는 기가 팍 꺾인 도미니커스를 남겨 둔 채 떠나버렸다.

히긴바텀 씨가 되살아난 것이 이토록 슬픈 일이라니! 행상인은 더 이상 대화에 섞여들 기분이 나지 않아, 혼자서 물에 희석시킨 진을 한 잔 마시며 쓸쓸한 마음을 달랜 후에 억지로 잠을 청했다. 그리고 그날 밤, 그는 밤새도록 성 미카엘의 배나무에 자신이 대롱대롱 매달려 있는 꿈에 시달려야 했다.

그 늙은 농부(도미니커스는 그 농부가 너무나도 미운 나머지, 히긴바텀 씨 대신 그 농부가 나무에 매달렸으면 좋겠다고 바랄 정도였다)를 피하기 위해, 도미니커스는 다음 날 날이 밝기도 전인 어둑한 새벽에 눈을 떴다. 그러고 나서 자신의 자그마한 암말을 초록색 마차에 연결하고는 파커스폴스를 향해 재빨리 말을 몰았다.

바깥바람은 상쾌했고 길 위는 이슬을 머금어 촉촉했다. 기분 좋은 여름의 새벽 공기 덕분에 기분이 한결 나아지자, 도미니커스는 히긴바텀 씨의 이야기를 다시 누군가에게 들려주고 싶은 용기가 샘솟았다. 하지만 새먼강에 도달할 때까지 그는 한 사람도 만

나지 못했다. 소를 몰고 가는 무리, 가벼운 마차나 유람마차, 말을 탄 사람, 혹은 도보 여행자 등 사람이라고는 코빼기도 보이지 않았던 것이다. 하지만 그가 새먼강을 건너고 있을 때, 마침내 꾸러미가 매달린 막대 끝을 어깨에 걸친 채 터벅터벅 다리 위를 걸어오고 있는 남자 하나가 보였다.

"안녕하세요."

행상인이 말고삐를 쥐며 말했다.

"혹시 킴벌턴이나 그 주변에서 오는 길이라면 히긴바텀 영감님에 대한 사실을 좀 전해주실 수 있으신가요? 그 영감님이 2,3일 전 밤에, 아일랜드인과 검둥이 한 명에게 살해당한 게 정말 사실인가요?"

도미니커스는 마음이 급한 나머지, 그 남자에게 흑인의 피가 섞여 있다는 사실을 의식하지 못했다. 하지만 도미니커스의 갑작스런 질문을 받은 순간, 그 에티오피아인의 노르스름한 피부색은 순식간에 유령처럼 창백해졌다. 남자는 흠칫 몸을 떨며 더듬더듬 대답했다.

"아뇨! 아뇨! 거기에 흑인은 없었어요. 지난 밤 8시에 그 영감님을 나무에 매단 건 아일랜드인이었다고요! 저는 일곱 시에 그 자리를 떠났어요. 그 집안사람들은 아직 과수원에서 시신을 발견했을 리가 없다고요."

남자는 이렇게 대답하자마자 자신도 놀란 듯이 재빨리 입을 다물었다. 그러고는 매우 지쳐 보이는 모습에도 불구하고 엄청나게 빠른 속도로 걸어가기 시작했다. 남자의 걸음걸이가 얼마나 빠른지, 도미니커스의 암말이 잰걸음으로 걷는 속도에 필적할 만했다.

도미니커스는 당혹스런 얼굴로 빠르게 멀어져가는 남자의 뒷모습을 빤히 쳐다보았다. 만일 살인자가 화요일 밤에 살인을 저질렀다면, 화요일 오전에 예언자라도 되는 것처럼 모든 정황을 이야기해 준 이의 정체는 도대체 뭐란 말인가? 만일 히긴바텀 씨의 시신을 아직 가족들조차 발견하지 못했다면 도대체 방금 전의 그 혼혈인은 킴벌턴에서 30마일 떨어진 이곳에서 히긴바텀 씨가 과수원에 매달려 있다는 사실을 어떻게 알고 있단 말인가? 무엇보다 그는 그 불쌍한 히긴바텀 영감이 나무에 매달리기도 전에 킴벌턴을 떠났으면서 말이다.

이 애매하기 짝이 없는 상황과, 조금 전의 그 낯선 사내가 보인 놀라움과 공포심으로 판단컨대, 아마도 실제로 살인 사건이 일어난 것은 분명해 보였다. 도미니커스는 당장이라도 "저놈 잡아라!"를 외치며 그 남자를 살인의 공범자로 뒤쫓아야 하는 것이 아닌가 생각했다.

"하지만 저 불쌍한 악마는 내버려두자고."

행상인은 생각했다.

"그의 시커먼 피를 머리에 뒤집어쓰고 싶진 않다고. 게다가 저 검둥이의 목을 매달아 버리면, 히긴바텀 씨가 나무에 매달린 사실이 영영 없었던 일이 될 수도 있잖아? 나쁜 생각인 건 알지만, 난 히긴바텀 씨가 살아 있다는 소리는 두 번 다시 듣고 싶지 않다고. 그랬다간 내게 거짓말쟁이라는 오명이 따라붙게 될 테니까."

이런 생각을 하며 도미니커스 파이크는 파커스폴스의 거리로 말을 몰았다. 다들 알다시피 이 마을은 세 개의 면 공장과 제분기가 있는 활기 넘치는 마을이었다. 그가 여인숙의 마구간에 내렸을 때, 그 제분기는 아직 작동을 개시하지 않았지만 몇몇 상점은 이미 문이 열려 있었다.

도미니커스의 첫 번째 볼일은 암말에게 줄 귀리 4쿼트를 주문하는 것이었다. 그리고 두 번째 볼일은 말할 것도 없이 여관의 마구간지기에게 히긴바텀 씨의 비극을 전하는 일이었다. 하지만 도미니커스는 그 끔찍한 사건이 일어난 날짜와, 살인을 저지른 사람이 아일랜드인과 혼혈인이었는지, 아니면 아일랜드인 혼자서 저지른 일이었는지는 확실히 하지 않는 편이 나을 것이라 생각했다. 또한 그는 이 이야기의 출처가 자기 자신이나 특정 인물이 아니라, 그저 항간에 떠돌고 있는 소문이라고만 언급했다.

그 이야기는 들불처럼 순식간에 마을 전체로 퍼져나갔고, 어느 새 히긴바텀 씨의 비극적인 소식은 출처는 불분명하지만 모든 사람들이 알고 있는 공공연한 이야기가 되었다. 히긴바텀 씨는 제분기의 공동 소유주인 동시에, 면 공장에 상당 부분의 지분을 소유하고 있었기 때문에 파커스폴스에서 이미 널리 알려져 있는 인물이었다.

덕분에 마을 주민들은 마치 히긴바텀 씨의 운명에 자신들의 번영이 달린 것처럼 느꼈다. 파커스폴스 신문은 발 빠르게 지면의 절반을 할애하여 더블 파이카(예전에 사용된 활자의 크기의 단위, 약 22 포인트 - 역주)로 '히긴바텀 씨, 끔찍하게 살해당하다!'라는 제목으로 대서특필했다.

신문에는 시신의 목 주위에 난 밧줄의 흔적과 그가 도난당한 수천 달러에 대한 세부적인 설명과 함께, 호주머니가 뒤집어진 채로 아저씨가 성 미카엘의 배나무에 매달린 것을 알게 된 히긴바텀 씨의 조카딸이 그 자리에서 실신했다는 가슴 아픈 이야기도 실렸다. 마을의 시인 역시 그 젊은 여인의 슬픔을 열일곱 행의 서정적인 스탠자(각운이 있는 시 - 역주)로 표현했다. 시의 행정 위원들은 회의를 열어 파커스폴스 내에서 히긴바텀 씨의 입지 및 권리를 고려하여, 그를 살해한 자들을 체포하고 히긴바텀 씨의 도둑맞은 자산을 되찾기 위해 오백 달러의 현상금을 내거는 전단지를 발행하기로 결정했다.

한편 파커스폴스의 상점주인, 하숙집 여주인, 공장 여직원들, 제분소에서 일하는 남자들과 학생들을 포함한 파커스폴스의 주민들은 온통 거리로 몰려 나왔다. 이들은 고인의 죽음을 존중하는 의미에서 작동을 멈춘 방적기의 기계 소리를 대신하기라도 하려는 듯, 목청을 높여 엄청난 수다를 떨어댔다. 만일 히긴바텀 씨가 사후의 명성에 관심이 있는 이였다면, 그의 유령은 분명 이 같은 야단법석을 보고 기뻐했을 터였다.

우리의 친구 도미니커스는 허영심을 참지 못하고, 처음 의도했던 조심성은 깡그리 잊은 채 그대로 마을 펌프 위로 뛰어 올라가 이처럼 영향력이 큰 소식을 최초로 전한 이는 바로 자기 자신이라고 발표했다. 순식간에 위대한 인물이 된 도미니커스는 야외 전도사처럼 맑고 우렁찬 목소리로 히긴바텀 씨의 이야기를 다시 한 번 들려주기 시작했다.

그때, 우편 마차가 마을의 거리로 들어왔다. 그 우편 마차가

밤새도록 여행했다면 그 마차는 오늘 아침 새벽 세 시에 말을 교환하기 위해 킴벌턴에 들렀을 것이 틀림없었다.

"이제 자세한 이야기를 들을 수 있겠어!"

군중들은 술렁대기 시작했다.

그 우편 마차는 덜컹거리며 선술집의 광장으로 향했고, 엄청나게 많은 사람들이 그 마차를 우르르 뒤쫓았다. 그때까지 자기 일에 바빠서 이 소식을 미처 접하지 못했던 사람들도 이제 그 소식을 듣기 위해 하던 일을 멈추고 다급하게 뛰쳐나왔던 것이다.

마차를 뒤쫓는 사람들의 맨 앞에서 달려가던 도미니커스는 마차에 두 명의 승객이 타고 있는 것을 발견했다. 두 승객들은 편안히 낮잠을 자다가 자신들 주변을 에워싼 군중을 보고 화들짝 놀라서 잠에서 깬 참이었다. 군중들은 일제히 그 두 사람에게 제각각 질문을 던져댔다.

마차에 타고 있던 두 사람의 승객은 변호사와 젊은 여인이었다. 이들은 군중들의 쏟아지는 질문에 놀라 아무런 대답도 하지 못하고 있었다.

"히긴바텀 씨는 어떻게 되었나요? 히긴바텀 씨에 대한 자세한 이야기 좀 들려주세요!"

군중들은 고함을 질러 댔다.

"검시관의 의견은 뭐랍니까? 살인자들은 잡혔나요? 기절한 히긴바텀 씨의 조카 따님은 이제 정신을 차리셨나요? 제발 히긴바텀 씨에 대한 소식 좀 전해 주세요!"

그 마부는 한 마디도 하지 않은 채, 새로운 말들을 데려오지 않는다고 마구간지기에게 욕을 퍼부어댔다. 마차에 타고 있던 변호사는 졸린 와중에도 애써 정신을 가다듬으며 사람들이 이토록 흥분한 원인이 무엇인지 기록하기 위해 빨간 색 수첩을 꺼내들었다. 반면, 아주 예의가 넘치는 우리의 도미니커스 파이크는 여성 승객이 변호사 양반만큼이나 히긴바텀 씨에 대한 이야기를 조리 있게 들려주리라는 낌새를 느끼고, 예의바르게 손을 내밀어 그 여인이 마차에서 내리는 것을 도왔다. 그 여인은 매력적이고 총기가 넘쳤으며, 지금은 단추처럼 동그랗게 뜬 눈을 반짝이고 있었다. 도미니커스는 여인의 입매를 바라보며, 그녀가 어서 빨리 그 어여쁜 입으로 살인 사건에 관해 이야기해 주기를 기대했다.

"신사 숙녀 여러분!"

변호사는 상점 주인들, 제분소 직원들 및 공장 여직원들을 향해 입을 열었다.

"여러분들이 본의 아니게 뭔가 오해를 하고 있는 것이 틀림없습니다. 혹은 아마도 누군가가 히긴바텀 씨의 신용에 해를 가하기 위해 인위적으로 악의적인 거짓말을 하고 있는 것일 수도 있고 말이지요. 어쨌든 그런 이유로 이런 이상한 소동이 일어나게 된 것 같군요. 우리는 오늘 아침 새벽 세 시에 킴벌턴을 지나왔지만 살인이 일어났다는 소식은 전혀 듣지 못했습니다. 게다가 저는 히긴바텀 씨의 직접적인 증언보다 더 강력한 증거를 갖고 있습니다. 여기 그의 소송에 관한 코네티컷 법원의 서류가 있습니다. 이것은 히긴바텀 씨가 제게 직접 보내온 것으로, 날짜는 지난 밤 10시로 기록되어 있습니다."

이렇게 말하며 그 변호사는 이 서류의 날짜와 히긴바텀 씨의 서명을 사람들에게 보여 주었다. 이 완고한 히긴바텀 씨가 세속적 사업에 열중한 나머지, 자신이 죽은 이후에도 업무를 계속한 것이 아니라면, 그 편지는 살아 있는 히긴바텀 씨가 쓴 것이 분명했다. 게다가 기대치 못한 증거가 곧이어 터져 나왔다. 번호사의 설명이 끝났을 때, 마차에 타고 있던 젊은 여인이 옷매무새를 여미고 머리카락을 정돈하더니, 선술집 문 앞에 나서서 자신의 이야기를 들어 줄 것을 넌지시 요청했던 것이다.

"여러분!"

그녀가 입을 열었다.

"제가 바로 히긴바텀 씨의 조카딸입니다."

군중들 사이에서 놀라움의 탄성이 퍼져나갔다. 파커스폴스의 신문에 실린 기사에 따르면, 살해당한 숙부의 집의 문 앞에 기절한 채로 쓰러졌다던 불행한 아가씨가 이토록 밝은 표정을 짓고, 발그스름한 혈색을 띠고 있을 리가 없었던 것이다. 게다가 일부 눈치 빠른 사람들은 젊은 아가씨가 재산이 많은 숙부가 목매달려 죽었다는 소식에 과연 실신까지 할 정도로 절망했다는 말에 제법 의구심을 품고 있던 터였다.

"여러분도 아시겠지만……."

히긴바텀 양이 미소를 띤 채 말을 이었다.

"저는 이런 이상한 이야기는 처음 듣습니다. 그리고 제 사랑하는 숙부님도 일절 그런 소문을 듣지 못하셨을 것이라고 생각합니다. 비록 저는 학교에서 아이들을 가르치며 돈을 벌고 있지만, 숙부님은 친절하게도 제게 본인의 집의 방 하나를 내어 주셔서 제가 머물 수 있게 해 주셨지요. 저는 오늘 새벽에 킴벌턴을 출발했고, 파커스폴스에서 5마일 떨어진 곳에 사는 친구와 함께 졸업식 주간에 받은 휴가를 함께 보낼 예정이었습니다. 친절한 숙부님은 제가 계단을 내려가는 소리를 들으시고는 저를 침실로 불러 마차 삯으로 2달러 50센트를 주시고, 용돈으로 쓰라며 1달러를 더 주셨죠. 그런 다음, 베게 아래에 지갑을 넣어 두시고는 제게 잘 다녀

오라며 손을 꼭 잡아 주셨지요. 그리고 길에서 아침식사를 하는 대신 가방에 비스킷을 좀 넣어가라고 당부하기도 하셨답니다. 제가 그 집을 떠날 때 분명히 제 사랑하는 숙부님은 살아 계셨고, 제가 집으로 돌아갔을 때도 여전히 그분을 만날 수 있으리라고 저는 확신합니다."

젊은 여인은 연설을 마치고 나서 우아하게 인사를 했다. 그녀의 말은 조리가 있고 어휘 선택도 적절했을 뿐만 아니라 기품과 교양이 느껴졌기에, 모든 사람들은 그녀가 미국에서 가장 뛰어난 학교의 교사의 직함에 참으로 어울리는 인물이라고 생각했다. 하지만 이 마을 출신이 아닌 히긴바텀 씨는 그동안 파커스폴스에서 혐오의 대상이었고, 그가 살해당했다는 소식에 이곳 주민들은 내심 꽤나 반가워하고 있었다. 그랬기에 뒤늦게 자신들이 틀렸다는 사실을 깨달은 주민들의 분노는 상상 이상이었다.

처음에는 도미니커스 파이크에게 명예 훈장이라도 줄 태세였던 제분소의 일꾼들은 이제 그에게 온몸에 타르를 칠한 후에 새털을 붙이는 벌을 내릴지, 아니면 가로대 태우기(ride on rail: 가로대에 가랑이를 벌리게 하여 벌을 줄 사람을 태운 후, 다른 두 사람이 가로대를 어깨 위에 지고 마을을 돌아다니며 흥을 보인 후, 마을 외곽에 던지고 오는 벌로, 18, 19세기 미국에서 주로 행해졌다 – 역주)를 할지, 혹은 자신이 그 소식을 전달한 장본인이라고 외치며 그가 자랑스럽게 떠들어대던 바로 그 마을 펌프에서 물벼락을 맞힐지 고민을 하고 있었다.

마을 의원들은 근거 없는 소문을 퍼뜨려 공동체의 평화를 어지럽힌 도미니커스를 경범죄로 고소하는 것에 대해 변호사의 조언을 받아 논의했다. 결국 도미니커스는 분노한 주민들로부터 몹쓸 꼴을 당하든, 혹은 법적 처벌을 받든, 둘 중 하나에서도 자유롭지 못한 난감한 처지에 빠져 버렸다. 하지만 천만다행히도, 히긴바텀 씨의 조카딸이 도미니커스를 위해 감동적이고 호소력 짙은 변호를 해 준 덕분에 간신히 이러한 처벌만은 면하게 되었다.

도미니커스는 자신을 도와준 은인에게 마음을 다해 거듭 감사의 말을 전하고는 부랴부랴 초록색 마차에 올라탔다. 마을 밖으로 허겁지겁 떠나는 도미니커스의 마차 뒤로, 동네 아이들은 진흙 구덩이에서 공수해 온 진흙을 동그랗게 뭉쳐서 그의 마차에 포탄 세례를 퍼부었다.

도미니커스가 히긴바텀 씨의 조카딸에게 마지막으로 작별 인사를 건네기 위해 고개를 돌린 순간, 찐득한 진흙 덩어리가 철퍼덕 하고 그대로 도미니커스의 입 쪽으로 날아들었고, 덕분에 도미니커스는 다시없을 추한 꼴을 보이게 되었다.

진흙 세례를 받아 몸 전체가 더러워지자, 그는 차라리 다시 마을로 돌아가 아까 위협 당했던 것처럼 마을 펌프에 물벼락을 받는 벌을 내려달라고 탄원하고 싶을 정도였다. 비록 물벼락을 내리는 것이 자선의 행위는 아니었지만, 지금 그에게는 그것이 자선 행위처럼 느껴질 정도였으니까.

하지만 이 가엾은 도미니커스 위로 밝은 태양이 내리쬐기 시작하자, 부당한 불명예의 상징처럼 온몸에 덕지덕지 붙어 있던 진흙은 태양빛에 바싹 말라 버렸고, 덕분에 툭툭 털어내어 흔적을 지워낼 수 있을 정도가 되었다. 워낙 천성이 유쾌한 친구인지라, 도미니커스는 이내 기운을 되찾았다. 뿐만 아니라 그는 이러한 소동 덕분에 자신의 이야기가 한층 더 흥미진진해졌다는 사실에 비실비실 웃음이 날 지경이었다. 마을 의원들이 만든 전단지는 전국의 방랑자들에게 자극이 될 테고, 파커스폴스에 실린 그 기사는 메인주에서 플로리다주까지, 아니면 바다 건너 런던에까지 알려질 지도 모를 터였다. 그렇게 되면 히긴바텀 씨의 비극적인 사건을 보고 겁을 집어먹은 수전노들이 지갑과 목숨을 지키느라 부들부들 떨어 댈 테고 말이지.

그리고 어느새 도미니커스는 그 젊은 여교사의 매력에 대해 곱씹고 있었다. 단언컨대, 다니엘 웹스터(Daniel Webster, 1782-

1852: 하원 의원으로 뉴햄프셔와 매사추세츠를 대표하는 미국의 정치인 – 역주)라 해도 히긴바텀 양처럼 천사 같은 목소리로 파커스폴스의 성난 주민들에게서 그를 변호해 주지는 못했으리라.

　　도미니커스는 이제 킴벌턴의 통행료 징수소로 향하고 있었다. 킴벌턴은 도미니커스의 출발지였던 모리스타운에서 가장 빠른 직선로를 벗어나는 지역인지라 킴벌턴에 들릴 경우 장사가 지체될 게 틀림없었지만, 그는 이에 아랑곳하지 않고 킴벌턴에 꼭 가 보기로 결심했던 것이다.

　　그 소문의 살인 사건이 일어난 장소에 가까워지는 동안, 도미니커스는 머릿속으로 이 상황에 대해 다시 곰곰이 되짚어 보았다. 그리고 사건의 전체적인 상황이 매우 절묘하게 맞아떨어진다는 것을 깨닫고 퍼뜩 놀랐다. 만일 히긴바텀 씨의 살인 사건에 대해 맨 처음 언급했던 첫 번째 여행객의 이야기를 뒷받침하는 일이 아무것도 없었다면, 그 여행객이 이야기를 꾸며냈다고 단언할 수 있을 터였다. 하지만 그가 두 번째로 만났던 그 혼혈인은 그 사건이나 소문에 대해 확실히 알고 있었고, 도미니커스가 문득 질문을 던졌을 때, 그가 보인 당혹감이나 죄의식이 담긴 표정은 확실히 껄끄러운 구석이 있었다. 그리고 이 사건과 관련된 각각의 정황을 종합해 보면, 히긴바텀 씨의 성격과 생활 습관, 그리고 그가 과수원을 가지고 있다는 점과, 그가 황혼 무렵에 언제나 성 미카엘의 배나무 앞을 지나곤 했다는 사실은 그가 소문으로 들은 내용과 무서우리만큼 정확히 맞아 떨어졌다.

이러한 정황적 증거가 너무나 뚜렷한 나머지, 도미니커스는 그 변호사가 보여 주었던 히긴바텀 씨의 자필 서명이나, 혹은 조카딸의 직접적 증언 역시도 마찬가지로 의심해야 마땅하다고 여겨질 지경이었다.

"나 스스로 목이라도 매달고 싶다고."

도미니커스 파이크는 인적 없는 언덕 꼭대기를 오르며 외쳤다.

"그 영감을 내 두 눈으로 똑똑히 보고, 그가 말하는 걸 직접 내 귀로 들어야겠어. 그래야만 그가 나무에 매달리지 않았다는 걸 믿을 수 있을 테니까. 그리고 그 영감은 진짜 사기꾼이니까 이 사실을 보증해 줄 목사나 그 외 믿을 만한 사람이 있어야겠어."

도미니커스가 킴벌턴 마을에서 약 4분의 1마일쯤 떨어진 킴벌턴 통행료 징수소에 도착한 것은 어스름이 깔리기 시작한 저녁 무렵이었다. 그의 자그마한 암말이 속도를 낸 덕분에 그는 한참이나 앞서서 게이트를 통과하여 말을 타고 가고 있는 남자의 바로 뒤를 따라 징수소에 도착할 수 있었다. 앞서 간 남자는 통행 징수인에게 고개만 까딱해 보이고는 곧장 마을로 향했다. 뒤따라가던 도미니커스는 평소 안면이 있던 통행 징수인과 평소처럼 날씨 이야기를 주고받는 대신, 주제를 바꾸어 대뜸 물었다.

"혹시 말입니다……."

도미니커스는 말채찍을 암말의 옆구리에 깃털처럼 부드럽게 갖다 대며 말을 이었다.

"요 며칠간 히긴바텀 씨를 본 적이 있습니까?"

"봤지요."

통행료 징수원이 대답했다.

"조금 전에 막 게이트를 통과하셨거든요. 어두워서 잘 보이진 않겠지만, 지금 저기 말을 타고 가시는 분이 바로 그분이라오. 그분은 오후에 우드필드에서 열린 강제 공매에 다녀오시는 길이라더군요. 히긴바텀 씨는 평소에는 나에게 악수를 건네며 몇 마디 인사라도 하고 이 길을 지나가시는데, 오늘 밤에는 계산해 달라는 듯 고개만 까딱하시더니 곧장 가버리시더라고요. 하기야 그분은 어딜 다녀오든 반드시 여덟 시까지는 집에 들어가시곤 했으니, 제법 마음이 급하셨나 봅니다."

"저도 그 이야긴 들었습니다."

도미니커스가 대답했다.

"헌데, 그 나리가 오늘은 아주 기운이 없고 활기라곤 도무지 찾아볼 수 없는 모습이더라고요. 지금까지 나리의 그런 모습은 처음 봤다니까요."

통행 징수원이 말을 이었다.

"그래서 나도 모르게 이렇게 중얼거렸답니다. '오늘 저분은 피와 살을 가진 인간이 아니라 마치 유령이나 오래된 미라 같구먼'이라고 말이지요."

도미니커스는 두 눈을 가늘게 뜨고, 황혼 속의 풍경을 바라보았다. 과연 통행 징수인의 말대로 저 멀리 마을로 가는 길을 따라 말을 타고 달려가는 누군가의 모습이 흐릿하게 보였다. 도미니커스는 그것이 히긴바텀 씨의 뒷모습이라는 것을 인식하기는 했지만, 저녁 무렵의 어둑함과 달리는 말발굽에서 이는 희미한 먼지 덕분에 그의 뒷모습은 어쩐지 흐릿하고 비현실적으로 느껴졌다. 그 모습은 마치 어둠과 희끄무레한 잿빛으로 엉성하게 빚어낸, 노인과 비슷하게 생겼지만 어쩐지 정체를 알 수 없는 기묘한 형체처럼 보였다.

도미니커스는 자신도 모르게 흠칫 몸을 떨며 생각했다.

'히긴바텀 씨는 어쩌면 저쪽 세상에서 킴벌턴의 통행료 징

수소로 되돌아 온 건 아닐까?'

그는 고삐를 흔들어 노인의 흐릿한 인영의 뒤를 쫓아, 일정한 거리를 두며 마차를 몰았다. 하지만 노인이 구부러진 길 너머로 사라지자, 더 이상 그의 모습은 보이지 않았다.

도미니커스가 굽이진 길에 이르렀을 때, 말을 타고 있던 노인의 모습은 온데간데없었다. 그곳은 어느새 마을 어귀였다. 얼마 떨어지지 않은 곳에는 첨탑이 있는 예배당이 서 있었고, 그 주위에 상점들과 여인숙 두 개가 오밀조밀하게 모여 있었다.

왼편에는 돌 벽과 출입문으로 식림지의 경계가 표시되어 있었다. 그 너머에는 과수원이 있었고, 더 멀리로는 목초지가 펼쳐져 있었다. 그리고 그 목초지 뒤에는 집 한 채가 서 있었다. 그 구역은 모두 히긴바텀 씨의 영지였다. 그곳은 오래된 도로 옆에 자리 잡고 있었지만, 도로는 킴벌턴 요금 징수소에 의해 가려져서 보이지 않았다.

도미니커스는 그 장소를 알고 있었다. 그의 자그마한 암말역시 도미니커스가 의식적으로 고삐를 잡아당기기도 전에, 그 자리에 잠시 멈춰 섰다.

"도저히 이 문을 지나가지 못하겠어!"

도미니커스는 몸을 떨며 중얼거렸다.

"하지만 히긴바텀 씨가 성 미카엘의 배나무에 매달려 있는지 이 두 눈으로 똑똑히 확인하지 않는다면, 나는 결코 나 자신에게 떳떳하지 못할 거야."

도미니커스는 마차에서 훌쩍 뛰어 내려 고삐를 게이트의 기둥에 감았다. 그러고는 마치 뒤에서 악마가 쫓아오기라도 하는 것처럼 식림지 사이로 난 초록색 길 위를 미친 듯이 내달리기 시작했다. 바로 그 순간, 마을의 종탑이 여덟 시를 쳤다.

"뎅, 뎅, 뎅!"

깊게 울려 퍼지는 종소리에 새롭게 힘을 얻은 도미니커스는 한층 더 속도를 내어 뛰어가기 시작했다. 어느 샌가 도미니커스는 어둑하고 적막한 과수원 한복판에 서 있었다. 그리고 마침내 그는 그 저주받은 배나무를 발견했다.

구불구불한 줄기들이 얽히고설킨 그 오래된 배나무의 몸통으로부터 길게 뻗어 나온 거대한 나뭇가지가 길 위로 드리워져, 아래에 짙은 그림자를 드리우고 있었다. 하지만 그 나뭇가지 아래의 그림자 사이로 누군가가 뒤엉켜 싸우고 있는 모습이 보였다.

몸싸움과는 거리가 먼 태평한 직업을 가진 그가, 그리고 지금까지 자신의 직업에 어울리지 않을 정도로 과한 용기를 자랑한 적이 단 한 번도 없었던 그 행상인이 이 끔찍한 상황에서 어떻게 그런 용기를 낼 수 있었는지 도무지 설명할 길은 없다. 하지만 확실한 것은 도미니커스가 곧장 그 아일랜드인에게 덤벼들었으며, 손에 들고 있던 채찍 끝으로 그 건장한 아일랜드인을 기가 막히게 제압해 버렸다는 사실이다.

이윽고 그는 성 미카엘의 배나무에 매달리지는 않았지만, 적어도 그 나무 아래에서 목에 밧줄이 감긴 채 부들부들 떨고 있는 히긴바텀 씨를 발견했다.

"히긴바텀 씨……."

도미니커스는 떨리는 목소리로 입을 열었다.

"당신은 정직한 분이시니 제발 솔직하게 대답해 주십시오. 당신은 나무에 목이 매달린 적이 있습니까, 없습니까?"

이 사건의 전말에 대해 여전히 풀리지 않는 의문점을 가진 이들을 위해 '닥쳐올 사건'에 대한 '전조'가 어떻게 미리 나올 수 있었는지에 대해 간단히 설명하겠다.

사건의 전말은 이러하다. 세 명의 남자들이 히긴바텀 씨의 살인과 강도를 사전 모의했다. 하지만 그들 중 둘은 도중에 겁을 먹고 도망쳐 버렸고, 공범자들이 하나씩 도망칠 때마다 범죄일은 하루씩 늦춰졌다. 그리고 세 번째 남자(아일랜드인)가 마침내 범행을 저지르려는 순간, 운명에 속절없이 이끌린 어느 위대한 투사가 오래된 모험담의 영웅처럼 나타났으니 그 인물이 바로 우리의 도미니커스 파이크였던 것이다.

그 이후의 이야기를 하자면, 히긴바텀 씨는 자신의 생명을 구해 준 그 행상인에게 커다란 호의를 보였으며, 그가 자신의 조카딸인 어여쁜 여교사에게 청혼했을 때, 흔쾌히 결혼을 허락해 주었다. 그리고 히긴바텀 씨의 전 재산은 두 사람의 아이들이 물려받도록 했으며, 그 이자는 두 사람의 몫으로 돌아갔다.

그로부터 얼마 후, 히긴바텀 씨는 기독교인으로 침상에서 죽음을 맞이함으로써, 자신이 베풀 수 있는 최대의 호의를 마무리 지었다. 히긴바텀 씨의 장례식과 애도의 기간이 끝난 후, 도미니커스 파이크는 킴벌턴을 떠나 자신의 고향에 거대한 담배 공장을 설립했다고 한다.

Nathaniel Hawthorne

호손의 인생 수업

3교시

'사랑'에 대하여

THE VISION OF
THE FOUNTAIN

샘의 환영

● 내가 열다섯 살 되던 해에, 나는 고향에서 100마일 이상 떨어진 어느 시골 마을에서 살게 되었다. 그곳에 도착한 것은 9월의 어느 오전 무렵이었지만, 날씨는 마치 7월처럼 따뜻했고 눈부시게 화창했다. 그날 아침, 나는 천천히 숲속을 거닐고 있었다. 호두나무가 듬성듬성하게 섞여 있는 오크나무 숲의 나무들은 내 머리 위에 시원한 그늘을 만들어 주었다. 울퉁불퉁한 바위투성이 땅 위로는 어린 나무들의 수풀과 덤불이 무성했고, 그 사이로는 가축들이 지나다니는 길 하나가 덩그러니 만들어져 있었다.

나는 우연히 그 길을 따라가다 5월의 아침만큼이나 싱그러운 초록빛 잔디로 둘러싸인 수정처럼 맑은 샘에 이르렀다. 샘 위로는 거대한 오크나무 가지가 그늘을 드리우고 있었다. 그늘 사이로 비쳐든 한 줄기 햇살은 마치 물속을 노니는 한 마리 금붕어 같았다.

나는 어릴 적부터 샘 안을 들여다보는 것이 정말 좋았다. 그 동그란 샘은 크기는 자그마했지만 퍽이나 깊었고, 온갖 돌들이 그 샘을 동그랗게 에워싸고 있었다. 어떤 돌들은 끈적끈적한 이끼로 덮여 있는가 하면, 또 어떤 돌들은 흰색과 붉은색, 그리고 갈색의 얼룩덜룩한 색깔을 그대로 드러내고 있기도 했다. 샘의 바닥은 거친 모래로 덮여 있어서 외로운 햇살이 비쳐들 때면 그 샘 전체를 매우 독특한 빛으로 물들였다.

이따금씩 바닥 모래가 거칠게 뒤섞일 때면, 그 샘물은 부옇게 흐려지거나 혹은 유리처럼 매끈한 수면이 깨뜨려지는 일이 없이 어느 지점에서 세차게 위로 솟아오르곤 했다. 그럴 때면 그 안에서 살아 있는 생명체, 이를테면 물이끼로 된 얇은 가운을 입고 무지개 띠를 두른, 차가우면서도 순수하고 냉랭한 모습을 한 물의 정령이라도 나올 것만 같은 묘한 분위기를 자아냈다.

물의 정령이 샘 주변을 둘러싼 돌 위에 걸터앉아 새하얀 두 발을 참방거리며 잔물결을 일으킬 때마다 수면 위에 튄 물방울이 햇살에 반짝이는 모습을 누군가가 본다면, 이 얼마나 가슴 떨리고 유쾌하면서도 경외감이 느껴지는 장면이겠는가! 물의 정령의 두 손이 풀과 꽃에 닿을 때마다 이들은 금세 아침 이슬을 머금은 듯 촉촉해지리라.

그런 다음, 그녀는 조심성 많은 아내처럼 섬세한 손길로 샘 위를 떠다니는 시든 잎들과 이끼 낀 나무 조각, 그리고 샘 바로 위의 오크나무에서 떨어진 말라비틀어진 도토리, 목을 축이러 온 가축들이 흘리고 간 옥수수 알갱이들을 살며시 건져내어, 물속의 모래들이 햇살을 받아 다이아몬드처럼 반짝일 때까지 물을 맑고 투명하게 만들 터였다. 하지만 구경꾼이 지나치게 가까이 다가가면, 그 자리에는 물의 정령 대신, 한여름의 소나기가 남기고 간 반짝 반짝 빛나는 물방울들만 발견하게 될 뿐이리라.

상쾌한 물의 정령이 다녀간 것이 분명한 그 촉촉하게 젖은 풀 위에 엎드려 누운 채, 나는 몸을 숙여 그 샘의 거울 같은 수면 위에 비친 내 두 눈을 바라보았다. 수면 위에 비친 두 눈은 분명 내 것이었다. 하지만 내가 다시 들여다보았을 때, 놀랍게도 내 얼굴이 비친 곳보다 더 깊은 곳에서 나는 또 다른 얼굴 하나를 볼 수 있었다.

그 모습은 특징이 뚜렷했지만, 한편으로는 관념처럼 어렴풋하기도 했다. 그 환영은 옅은 금발머리의 소녀의 모습을 하고 있었으며, 유쾌한 눈빛으로 웃고 있는 아련한 얼굴에는 보조개가 살며시 패어 있었다. 만일 샘물이 즐겁게 춤을 추면서 햇빛 속으로 녹아들 때 여성의 모습을 취한다면 필시 그런 모습이리라.

그 옅은 장밋빛 두 뺨 아래로는 갈색의 잎들과 끈적끈적한 잔가지들, 도토리와 반짝이는 모래를 볼 수 있었다. 외로운 햇살 한 줄기가 소녀의 황금빛 머리칼 사이로 스며들어 소녀의 머리를 아름답게 장식하고는 그대로 물속으로 녹아들었다.

어찌하여 그 샘 속에 비치던 형상이 갑자기 사라지고 황량한 풍경만 남게 되었는지, 그 과정에 대해 나로서는 도무지 묘사할 길이 없다. 내가 숨을 한번 쉬었을 때 샘의 수면 위에 소녀의 얼굴 하나가 나타났고, 내가 깜짝 놀라 숨을 멈추자 그 형상은 순식간에 사라져 버렸기 때문이다. 그 형상이 나타났다가 휙 사라진 것일까. 아니면 서서히 흐려지며 없어진 것일까. 나는 그 형상이 실제로 존재하기는 했는지조차 확신할 수 없었다.

독자들이여! 그 환영이 나타나고 사라진 그 순간, 내가 얼마나 꿈결 같고 황홀한 기분에 사로잡혔는지 그대들은 짐작도 못할 것이다. 나는 오랫동안 그 자리에 꼼짝도 하지 않고 앉아서 그 형상이 다시 나타나기만을 기다렸다. 수면 위의 아주 미세한 일렁임 하나에도 나는 벌벌 떨었고, 심장이 내려앉을 정도로 조마조마한 기분을 느꼈다. 그렇게 나는 유쾌한 꿈에서 막 깨어난 사람이 그 꿈을 다시 불러내고 싶어 하는 심정으로 그 자리에서 숨을 죽인 채 뚫어질 듯 샘을 바라보고만 있었다. 나는 이 세상에 존재하지 않을 것만 같은 그 독특한 매력을 지닌 천상의 존재를 떠올리며 깊은 생각에 잠겼다.

혹시 내가 그녀를 창조해 낸 것은 아니었을까. 마치 아이들이 낯선 형체를 보고 새로운 것을 상상해 내는 것처럼 그녀 역시 나의 상상 속에서 빚어진 산물은 아니었을까. 그랬기에 그 아름다움이 내게 한순간의 감동을 남긴 채 그대로 사라져 버린 걸까. 아니면 그녀는 샘에 사는 물의 정령이거나, 혹은 내 어깨 뒤에서 슬며시 나를 엿보던 요정이나 숲의 여신이었는지도 모른다. 아니면 사랑하는 이에게 버림받은 슬픔으로 샘 속에 뛰어든 불쌍한 아가씨의 유령이었을지도 모를 일이다. 그것도 아니라면 실제로 심장이 뛰고, 입술로 숨을 쉬는 살아 있는 아름다운 소녀가 내 뒤에서 살짝 등을 구부린 채 샘 안을 들여다본 덕분에 그녀의 모습이 샘 속에 비친 건 아니었을까.

　나는 한참 동안 샘 속을 들여다보며 그녀의 모습이 다시 나타나기를 기다렸지만, 더 이상 소녀의 환영은 모습을 드러내지 않았다. 나는 그 샘의 마법에라도 걸렸는지, 그날 오후에 또다시 그 숲으로 되돌아왔다. 샘물은 이따금씩 솟구쳐 올랐고, 모래는 반짝반짝 빛났으며, 햇살은 여전히 샘의 수면 위를 아른거렸다. 하지만 여전히 그 소녀의 환영은 없었고, 보이는 거라곤 고작 커다란 개구리 한 마리뿐이었다. 개구리는 반점이 있는 코끝을 재빨리 움츠리더니, 긴 뒷다리로 풀쩍 뛰어 순식간에 돌 아래쪽으로 모습을 감추어 버렸다. 그 개구리의 사악한 표정을 보고, 나는 이 개구리가 혹시 그 아름다운 소녀를 샘 속에 가둔 마법사는 아닐까 하는 생각에 이 개구리를 처치해야겠다는 기분마저 들었다.

　나는 무겁고 울적해진 마음을 안고 마을로 걸어갔다. 나와 교회의 첨탑 사이에는 자그마한 언덕이 솟아 있었고, 언덕 꼭대기에는 숲의 무리에서 뚝 떨어져 나온 나무들 몇 그루가 우뚝 솟아 있었다. 서쪽 하늘에서 비치는 햇살을 받아, 그 나무들은 동쪽을 향해 고독한 그림자를 길게 드리우고 있었다. 오후는 이미 저물어가는 참이었다. 햇살은 이제 애처로울 정도로 희미해진 반면, 그늘은 한층 더 짙어졌다. 낮과 저녁의 영혼들이 그 나무 아래에서 오순도순 앉아서 서로의 공통점을 찾으며 우정이라도 나누는 듯, 영광과 우울함이 차분한 빛 속에서 서로 뒤섞이고 있었다. 나도 모르게 그 풍경을 감탄하며 바라보고 있을 때, 순간 오크나무의 덤불 뒤로 한 소녀의 모습이 불쑥 나타났다. 나는 마음속으로 이미 그녀를 알고 있었다. 그녀는 내가 환영으로 보았던 바로 그 소녀였던 것이다.

하지만 소녀의 모습은 너무나 멀리 떨어져 있었고, 그 모습은 도무지 이 세상 사람처럼 느껴지지 않을 정도로 비현실적이었다. 그녀는 그 자리에 선 채 아련한 빛 속에 스며들어 있었다. 그 모습을 본 내 영혼은 한층 더 깊이 가라앉았고, 나는 더욱더 깊은 슬픔을 느꼈다. 도대체 저렇게 비현실적인 그녀에게 내가 감히 다가갈 수 있단 말인가.

내가 그녀를 가만히 바라만 보고 있을 때, 불현듯 소낙비가 나뭇잎을 따라 후드득후드득 쏟아져 내렸다. 순간, 대기는 온통 빛으로 가득 찼다. 하늘에서 떨어지는 빗방울들은 제각각 햇살의 일부분을 머금고 있었고, 부드럽게 내리는 소낙비는 빛의 무게를 가득 품고 있는 거대한 안개 같았다. 나이아가라 폭포의 공기 위로 그려지는 무지개처럼, 그 안개 역시 생생한 무지개를 만들어내고 있었다. 그 무지개의 남쪽 끝은 나무 앞쪽으로 드리워져 그 소녀의 몸 위를 살며시 가리고 있었는데, 그 모습은 마치 그 천상의 무지갯빛 색상이야말로 소녀의 아름다움에 어울리는 유일한 의상임을 강조하는 것만 같았다.

무지개가 사라지자, 소녀는 마치 무지개의 일부이기라도 했던 것처럼 그 자리에서 함께 사라져 버렸다. 대자연이 만들어낸 가장 아름다운 현상 속으로 그녀의 존재가 스며들어가 그 순수한 형체가 무지개의 다채로운 색상 속으로 사라지기라도 한 것일까. 하지만 나는 그녀가 다시 돌아올 거라는 희망을 버리지 않았다. 무지개를 두르고 있던 그녀는 내게 희망의 상징과도 같은 존재였으니까.

그렇게 소녀의 환영은 나를 떠났고, 그 이별의 순간 이후 나는 오랜 시간 우울한 나날을 보냈다. 봄이 될 때까지 나는 이슬이 촉촉하게 내려앉은 동틀 무렵과 햇볕이 사정없이 내리쬐는 정오, 그리고 그녀가 내 눈앞에서 사라져 버린 마법 같은 황혼 무렵마다 숲과 언덕, 그리고 마을 구석구석을 돌아다니며 그녀를 찾아 헤맸지만 부질없는 짓이었다.

그렇게 몇 주가 흐르고 또 몇 달이 흘렀지만, 어디에서도 그녀의 모습은 보이지 않았다. 나는 누구에게도 나의 비밀을 알리지 않았고, 그지 이곳저곳을 방랑하듯 쏘다니거나 혹은 천국을 잠시 들여다 본 뒤로 더 이상 지상에서 즐거움을 찾지 못하게 된 사람처럼 고독에 젖어 있기 일쑤였다.

나는 점점 더 내적인 생각들에 파묻히게 되었고, 그 중심에는 늘 그녀의 환영이 있었다. 어느새 나는 작가이자 소설의 주인공이 되어 적들을 만들어 내고, 여러 가지 사건을 구상했으며, 나 자신과 다른 사람들의 행동을 꾸며내어 모든 감정의 변화를 경험한 후, 마침내는 등장인물들의 질투와 절망이 더없는 기쁨과 환희가 되는 결말을 맺는 이야기를 상상하곤 했다.

독자들이여, 내가 만일 유년 시절의 강렬하고도 넘치는 상상력에 성인다운 차분함과 표현력을 겸비했더라면, 아마도 어여쁜 아가씨들의 마음을 애타게 할 이야기들을 제법 썼으리라.

이듬해 1월 중순이 되었을 때, 나는 다시 집으로 돌아가게 되었다. 집으로 돌아가기 전날, 나는 그 환영을 보았던 신성한 장소들을 다시 한 번 찾아가기로 마음먹었다. 그곳에 도착했을 때 그 샘은 꽁꽁 얼어붙어 있었다. 그리고 무지개가 아름다운 소녀의 모습을 비추었던 그 언덕은 한 줄기 겨울 햇살과 새하얀 눈 말고는 아무것도 없었다.

"희망을 가져 보자고."

나는 마음속으로 생각했다.

"희망이 없다면 내 마음은 그 샘처럼 얼어붙고, 온 세상은 이 눈 덮인 언덕처럼 황량해져 버리고 말 테니까."

그날 나는 여행을 준비하느라 일과의 대부분을 보냈고, 출발은 다음 날 새벽 네 시로 예정되었다. 저녁식사를 마치고 약 한 시간 후 모든 채비를 끝내고 나서, 나는 함께 살고 있던 나이 드신 목사님과 그의 가족에게 작별 인사를 전하기 위해 내 방을 나와 거실로 내려갔다. 그런데 내가 거실 입구로 막 들어간 순간, 한 줄기 거센 바람이 휙 불어와 내 램프의 불을 꺼뜨려 버렸다.

이 가족에게는 불변의 습관이 있었는데, 거실에 앉아 있을 때는 벽난로의 불 이외에는 일체 다른 불을 전혀 켜 놓지 않는다는 것이었다. 이러한 습관은 벽난로의 불이 활활 타오르고 있을 경우라면 매우 유쾌한 습관일 터였다. 하지만 선량한 목사의 빈약한 봉급으로는 항상 경제적 문제를 고려하지 않을 수 없었기에, 거실의 벽난로 안에는 언제나 다량의 탠 껍질(가죽을 무두질할 때 쓰는 떡갈나무의 껍질 – 역주)이나 분쇄된 나무껍질 따위가 잔뜩 쌓여 있을 뿐이었다. 이러한 땔감들은 아침부터 저녁까지 태워봤자 연기만 잔뜩 날 뿐 타는 둥 마는 둥 했으며, 불길은 거의 보이지도 않았고 온기도 변변치 못했다. 그리고 그날 저녁에는 수북이 쌓인 탠 껍질 위에 습기를 잔뜩 머금은 붉은 오크 나뭇가지 세 개와 아직 불이 붙지 않은 마른 솔방울 몇 개가 새롭게 얹어져 있었다.

반쯤 타다 남은 나무에서 음침하게 새어 나오는 아주 작고 희미한 빛을 제외하면 그 거실에는 빛이라곤 전혀 없었다. 게다가 그 빛은 너무나 희미해서 난로의 장작 받침조차 비추지 못할 지경이었다. 하지만 나는 그 늙은 목사님의 팔걸이의자의 위치와 목사님의 아내가 뜨개질을 하는 자리가 어디인지 알고 있었고, 또 그의 두 딸들(한 명은 덩치가 큰 시골 아가씨였고, 다른 한 명은 폐병에 걸린 소녀였다)과 부딪치지 않고 피해가려면 어떻게 해야 할지 요령을 알고 있었다. 암흑 속을 더듬더듬 걸어간 나는 마침내 목사의 아들 옆에 마련된 내 자리를 찾아서 앉을 수 있었다. 목사의 아들은 겨울 방학 동안 마을에서 학업을 계속하기 위해 고향에 내려와 있는 대학 졸업생이었다. 나는 오늘 밤에는 어쩐지 그 대학생의 의자와 내 의자 사이의 공간이 평소보다 좁다는 사실을 눈치챘다.

사람들은 으레 어둠 속에서는 잠잠해지기 마련이기에, 내가 거실에 들어온 이후에도 한동안은 그 누구도 말이 없었다. 목사님 부인이 뜨개질하는 소리만 규칙적으로 들려올 뿐, 누구도 그 정적을 깨는 이가 없었다. 이따금씩 난롯불이 희미한 번득임을 내비치며 타올라 늙은 목사의 안경을 반짝 비추고는 우리 위를 정처 없이 맴돌곤 했지만, 그 자그마한 빛은 개개인의 모습을 묘사하기에는 너무나 희미했다. 우리는 흡사 유령과도 같은 모습을 하고 있었으리라. 서로 잘 알고 지낸 사람들이 내세에서 함께 친교 모임을 가진다면 바로 이런 모습을 하고 있을지도 몰랐다. 우리는 서로 눈으로 보거나, 소리를 듣거나, 만지지 않아도 내면의 의식을 통해 서로의 존재를 느끼고 있었다. 죽은 자들도 그런 관계를 나누지 말라는 법이 어디 있겠는가.

긴 침묵을 깬 것은 폐병에 걸린 목사의 딸이었다. 그녀가 "레이첼!"이라며 누군가의 이름을 불렀던 것이다. 목사 딸의 가느다랗게 떨리는 목소리에 누군가가 짤막하게 대답했다. 하지만 그 목소리를 들은 순간, 나는 소스라치게 놀라서 나도 모르게 목소리가 들려온 방향으로 고개를 돌렸다. 그 달콤하면서도 나직한 음색을 내가 이제껏 들은 적이 있었던가. 그렇다면 어째서 그 목소리는 내게 무수한 옛 기억들과 허탕 치며 보낸 시간들, 그리고 비록 알지는 못하지만 어딘지 친숙했던 그 환영들에 대한 기억을 불러일으키는 것일까. 게다가 이토록 짙은 어둠에 묻힌 거실에서 어째서 그 목소리의 주인공의 모습에 대한 이미지가 이토록 혼란스럽게 내 마음을 가득 채우는 것일까. 그 목소리를 듣고 내 마음 속에 떠오른 이가 누구이기에, 도대체 내 마음이 이토록 흥분으로 요동친단 말인가.

나는 그녀의 부드러운 숨소리에 귀를 기울이며, 아무것도 보이지 않는 어둠 속에서 그녀의 모습을 보기 위해 눈앞의 형체에 시선을 집중했다.

그 순간, 벽난로 안의 마른 솔방울에 불길이 닿으면서 불씨 하나가 불그스름한 불빛과 함께 타오르며 거실을 밝혔다. 그리고 그곳에는 내가 샘에서 보았던 바로 그 환영 속의 그녀가 있었다. 아마도 그것은 무지개와 함께 사라져버린 그녀가 벽난로 속에서 다시 빛의 영혼으로 모습을 드러낸 것일 뿐, 불길이 스러지면 곧바로 사라질 환영에 불과한 것일지도 몰랐다. 하지만 그녀의 뺨은 장미처럼 붉었으며, 너무나 현실적이었다. 그리고 방 안의 따스한 빛 속에서 드러난 그녀의 모습은 내 기억 속의 모습보다 훨씬 더 사랑스럽고 온화했다.

그녀는 나를 알고 있었다. 보조개를 띤 채 즐거운 눈빛으로 명랑하게 웃는 그 얼굴은 내가 샘에서 희미하게 보았던 그 모습 그대로, 지금 내 눈앞에 서 있었다. 어느 순간, 우리의 시선이 서로 얽혔다. 하지만 그 순간 수북이 쌓인 탠 껍질이 불붙은 나무 위를 스르륵 덮어 버린 탓에, 다시 어둠은 그 빛의 영혼을 홱 낚아채 가

버렸다. 그리고 더 이상 내 앞에 돌려주지 않았다!

독자 여러분들께 들려줄 이야기는 끝이다. 하지만 이 수수께끼에 대해 설명해 보자면 레이첼은 마을 유지의 딸로, 내가 그 마을에 도착한 날 오전에 기숙학교로 가기 위해 그곳을 떠났다가 내가 그 마을을 떠나기 하루 전날 돌아왔던 것이다.

내가 현실 속의 그녀를 천사의 모습으로 바꾸었듯이, 사랑에 빠진 이는 누구든 자신이 사랑하는 이를 자신만의 천사로 바꿀 수 있다. 이 이야기의 핵심은 바로 그것이다. 그리고 책을 읽는 아가씨들은 작은 변화로도 충분히 천사가 될 수 있을 것이다.

Nathaniel Hawthorne
Twice-Told Tales

Nathaniel Hawthorne

호손의 인생 수업

4교시

'미래'에 대하여

THE PROPHETIC
PICTURES

예언의 초상화

"하지만 이 화가는!"

월터 러들로는 활기찬 목소리로 외쳤다.

"이 화가는 자신만의 독특한 화풍을 갖고 있을 뿐만 아니라 학식이 뛰어나고 과학에도 조예가 깊어. 매더 박사와 히브리어로 이야기하고 보일스톤 박사에게는 해부학 강의를 할 정도니 말이야. 한 마디로 이 화가는 자기 분야에서 누구도 따라올 수 없는 학식을 갖춘 사람이라고. 게다가 그는 세련된 신사이자, 전 세계를 제집같이 누비는 진정한 세계 시민이며 범세계적 인물이라 할 수 있지. 이 화가는 어딜 가든 지구상의 모든 지역과 나라의 말을 현지인처럼 구사하며 완벽하게 적응할 수 있을 거야. 그가 지금 오고 있는 벽지나 매한가지인 이 나라를 제외하면 말이지. 하지만 내가 그 사람에 대해 감탄하는 건 그게 전부가 아니라고."

"정말 대단해요!"

화가에 대한 이야기를 흥미 있게 귀 기울여 듣던 엘리노어가 말했다.

"하지만 지금 말한 것만으로도 충분히 감탄할만한 걸요."

"확실히 그건 그래."

그녀의 연인이 대답했다.

"하지만 세상의 온갖 다양한 인물들에게 자기 자신을 순응시키는 그의 타고난 재능에 비하면 그건 아무것도 아니라오. 엘리노어, 그 경이로운 화가는 세상의 모든 남자들뿐만 아니라 심지어 모든 여성들까지도 마치 거울처럼 그들의 모습을 자신 안에 비추어 낸다고 하더군. 하지만 진짜 놀랍고 신비로운 건 아직 말하지도 않았다고."

"어머나, 지금까지 당신이 말한 것보다 그 사람에게 더 놀라운 점이 있다면, 보스턴은 그 불쌍한 신사께서 오랫동안 머물기에는 너무 위험한 곳이 아닐까요?"

엘리노어가 웃으면서 말했다.

"당신 이야기를 듣고 있으니 그 사람이 도대체 화가인지 마법사인지 구분이 안 되는걸요."

"사실은 말이지……."

월터가 운을 띄웠다.

"그 질문은 당신이 생각하는 것처럼 그리 가벼운 문제가 아니야. 그보다 훨씬 더 심각한 질문이라고. 소문에 따르면, 그 화가는 그림 속에 상대방의 생김새뿐만 아니라 그 사람의 생각과 마음까지도 담아낸다는군. 그 화가는 사람들이 마음속 깊이 숨겨 둔 은밀한 감정과 열정까지도 포착해 내서 마치 한낮의 햇살처럼 캔버스 위에 펼쳐놓는다고 해. 아마도 그가 영혼이 어둡고 사악한 인물을 그린다면 캔버스 위에는 지옥의 화염과도 같은 그림이 담기겠지. 정말이지 그건 대단하고도 끔찍한 재능이 아닐 수 없다고."

월터는 흥분했던 목소리를 낮추고는 한 마디 덧붙였다.

"나라면 그 화가 앞에 앉는 것이 정말 두려울 거야."

"월터, 그게 진심인가요?"

엘리노어가 소리쳤다.

"사랑하는 엘리노어, 제발 부탁인데 그 화가 앞에서 지금과 같은 표정은 짓지 말아 주겠소?"

월터는 웃고 있었지만, 당혹스런 표정을 완전히 감추지는 못했다.

"지금은 그 표정이 사라졌지만, 방금 전에 당신은 공포에 질린 동시에 한편으로는 대단히 슬픈 표정을 짓고 있었소. 도대체 무슨 생각이 들었기에 그런 표정을 지었던 거요?"

"아무것도 아니에요!"

엘리노어는 다급하게 대답했다.

"당신의 상상이 제멋대로 내 얼굴을 그렇게 보이게 한 것뿐이에요. 그럼 내일 다시 찾아오세요. 우리 함께 그 경이로운 화가를 만나러 가요."

하지만 젊은이가 떠나자마자 그 젊고 아름다운 여인의 얼굴에는 조금 전에 젊은이가 지적했던 바로 그 표정이 다시 드리워졌다. 그것은 애처롭고 근심이 가득한 표정이었다. 그 표정은 결혼식을 하루 앞둔 신부가 으레 느끼는 초조함과 두려움 때문이라고 보기에는 다소 거리가 있었다. 이미 엘리노어는 월터 러들로를 마음 깊이 남편으로 여기고 있었으니까.

"그 표정이라니!"

엘리노어는 중얼거렸다.

"내가 이따금씩 느끼는 기분이 표정으로 드러났다면 그 사람이 깜짝 놀란 것도 당연해. 그게 얼마나 끔찍한 표정일지 나도 경험으로 알고 있으니까. 하지만 그건 모두 상상일 뿐이야. 월터와 이야기하고 있을 때, 나는 아무런 생각도 하고 있지 않았으니까. 난 그걸 꿈에서 본 이후에는 단 한 번도 그걸 본 적이 없으니 말이야."

이윽고 엘리노어는 손을 바쁘게 움직이며 초상화를 그릴 때 입을 의상의 목주름 칼라에 수를 놓기 시작했다.

두 사람이 이야기하던 화가는 과거에 인디언들에게 물감을 빌리고 야생 동물의 털로 붓을 만들어 쓰던 미국 출신의 화가는 아니었다. 만일 그 화가가 자신의 인생을 철회하고 자신의 운명을 예정할 수 있었다면, 아마도 그는 다른 작품을 모방하거나 기존의 규칙을 따르지 않고 오로지 독창성만을 얻기 위해 스승 없이 독학하는 것을 선택했을 지도 몰랐다. 하지만 그는 유럽에서 태어나 그곳에서 교육을 받았다. 소문에 따르면 그 화가는 화려한 구성과 미학을 공부했으며, 작품 진열실과 회랑들, 그리고 성당의 벽화들을 찾아다니며 그곳의 유명한 그림들로부터 거장의 화풍을 배우고 익혀 마침내 더 이상 배울 것이 없는 경지에 이르렀다고도 한다. 마침내 그는 미술 작품에서는 더 이상 배울 것이 없어졌지만,

자연은 달랐다. 그리하여 그 화가는 자신의 동료 화가들이 찾지 않은 새로운 세상에서, 이제껏 단 한 번도 화폭에 담긴 적이 없는 멋지고 생생한 자연의 풍경을 즐기고 싶었다.

비록 미국은 저명한 화가들을 유혹하기에는 너무나 초라한 곳이었지만, 그가 미국 땅에 도착했을 때, 제법 많은 식민지 신사들이 그를 찾아와 후손에게 남길 초상화를 그려달라는 바람을 표했다. 이런 제안을 받을 때마다, 그 화가는 내면을 들여다보기라도 하려는 듯 상대의 두 눈을 빤히 쳐다보았다. 만일 상대가 그저 말쑥하고 편안해 보이기만 한 용모를 하고 있다면 그림을 금테로 장식하든, 혹은 금화를 두둑하게 지불하든 그는 예의바르게 그 의뢰를 거절했다. 하지만 만일 상대의 얼굴에 내면의 비범함이나 우수에 젖은 감상 또는 오랫동안 차곡차곡 쌓인 깊이 있는 경험이 느껴진다면, 혹은 그가 거리에서 허옇게 센 수염과 이마에는 밭고랑 같은 주름이 깊게 팬 거지를 마주친다면, 아니면 문득 고개를 치켜들고 함박웃음을 짓는 아이의 표정을 마주할 때면 그는 돈을 마다한 채 혼신의 힘을 다해 그들의 모습을 화폭에 담곤 했다.

이 화가에 비하면 식민지 화가들의 화풍은 너무나 조잡했기 때문에, 화가에 대한 대중들의 호기심은 점점 깊어졌다. 비록 그의 작품의 기술적 우수함을 제대로 평가할 줄 아는 이는 극히 일부이거나 거의 없었지만, 대중의 의견은 아마추어의 세련된 감상 만큼이나 가치가 있는 법이다. 미술적 조예를 갖추지 못한 사람들이 그의 작품에 대한 감상을 쏟아내기 시작했고, 그들의 감상은 그 화가에게 수익을 안겨 주었다. 반면, 어떤 이들은 감히 대자연을 모방하고자 하는 그 화가에게 대자연이 본때를 보여줄 것이라 생각하는 사람들도 있었다. 화가에 대한 칭찬과 경탄은 으레 시대와 지역의 편견에 깊이 얽혀 있었다.

어떤 이들은 모세의 율법(여기서는 특히 모세의 율법 중 '신상'을 만들지 말라는 것을 의미한다 – 역주)을 어기는 것은 죄라고 생각했고, 창조주의 창조물을 생생하게 그리는 것을 창조주에 대한 건방진 조롱이라고 여기기도 했다. 그런가 하면 어떤 이들은 그림이 유령을 자유자재로 다루고, 살아 있는 자들 사이에서 죽은 이의 모습을 보존한다고 믿고 그의 작품을 두려워했으며, 그 화가를 마술사로 단정 짓거나 혹은 오래전 마녀들이 살던 시대에 온갖 못된 해악을 저지르던 검은 악마의 또 다른 모습이라고 생각하기도 했다. 대중의 반 이상이 이러한 어처구니없는 공상을 믿었으며, 심지어 일부 상류 계층 사람들조차 인기 있는 미신을 곧이곧대로 믿고서 이 화가에게 연기로 만든 화환과도 같은 모호한 경탄을 쏟아내곤 했다. 그렇지만 대부분의 상류층의 사람들은 이 화가의 재능과 다양한 지식을 높이 평가함으로써 그의 직업적 명성에 도움을 주었다.

두 사람의 결혼식 전날, 월터 러들로와 엘리노어는 대대손손 가족사진으로 남게 될 그들의 최초의 초상화를 얻게 되리라는 열망과 기대로 가득 차 있었다. 두 사람이 앞에 나왔던 대화를 나누었던 다음날, 둘은 이 화가의 작업실을 방문했다. 하인이 두 사람을 방 안으로 안내했지만, 화가의 모습은 보이지 않았다. 하지만 화가의 방 안에 들어서자, 그들은 자신도 모르게 화가에 대한 존경심을 갖지 않을 수 없었다. 그곳에 있는 것은 오직 그림과 그림 도구뿐이었지만, 방 안에 있는 뛰어난 초상화들 속에서 그 그림을 그린 이의 삶과 지식을 고스란히 느낄 수 있었기 때문이다.

일부 초상화들은 낯이 익은 것으로, 당대의 저명인사이거나 혹은 그들이 개인적으로 알고 있는 지인들의 모습이 담겨 있었다. 초상화 속의 버넷 총독(William Burnet, 1687?-1729; 뉴욕과 뉴저지 및 매사추세츠와 뉴햄프셔의 주지사를 맡았던 식민지 행정관 – 역주)은 방금 하원의원으로부터 부실한 보고를 받기라도 한 듯 매서운 질책을 담은 표정을 짓고 있었다. 총독의 초상화 옆에는 인기 있는 지도자답게 다부지면서도 다소 금욕적인 자세를 한 쿡 씨의 초상이 걸려 있었다. 또 마녀의 존재를 믿어 의심치 않던 오만하고 늙은 귀부인 고(古) 윌리엄 핍스 경의 부인은 초상화 속에서 높은 주름 칼라에 파딩게일(여자들이 치마를 불룩하게 하려고 안에 입던 둥근 틀 – 역주) 드레스 차림을 한 채 매서운 눈초리로 두 사람을 쏘아보고 있었다.

젊은 청년의 모습을 한 존 윈슬로(John Winslow, 1703-1774; 플리머스 식민지의 총독이었던 에드워드 윈슬로의 후손으로 프렌치-인디언 전쟁에서 장교로 활약했다 – 역주)는 훗날 출중한 장군이 될 것을 예견하듯 호전적이고 모험심 강한 표정을 짓고 있었다. 또 두 사람과 개인적 친분을 맺고 있는 친구들의 초상화도 눈에 들어 왔다. 대부분의 초상화들은 인물의 생각과 성격을 고스란히 드러낸, 단 하나뿐인 개성 있는 표정을 짓고 있었다. 역설적으로 말하면, 초상화 속에 담긴 강렬하고 인상적인 모습에 비하면, 오히려 본래의 얼굴은 초상화 속의 모습과는 달리 밋밋하게 느껴졌다.

이러한 현대의 인물 외에도, 그곳에는 어두컴컴한 캔버스 속으로 거의 사라질 것만 같은, 턱수염을 기른 두 사람의 늙은 성자의 그림도 있었다. 또한 창백하지만 시들지 않은 젊음을 간직한 성모 마리아가 아마도 로마로 보이는 곳에서 기도를 올리는 그림도 있었다. 성모 마리아는 어느새 특유의 온화하고 성스러운 표정으로 월터와 엘리노어를 바라보고 있었고, 두 사람은 자신들도 모르게 기도를 올리고 싶어졌다.

"이상한 기분이 들어."

월터 러들로가 입을 열었다.

"이 얼굴이 이백 년이 넘는 시간 동안 아름다움을 유지해 왔다는 것이 말이야! 세상의 모든 아름다움이 그토록 오랫동안 지속될 수만 있다면! 당신은 그녀가 부럽지 않소, 엘리노어?"

"만일 지상이 천국이라면 부러울 거예요."

엘리노어가 대답했다.

"하지만 세상 모든 것들이 시드는 곳에서 저만 변하지 않는다면 그 얼마나 비참한 일일까요!"

"이 거무죽죽하고 늙어빠진 성 베드로의 흉측한 얼굴을 좀 보라고. 성자라고 해도 늙으면 이렇게 추한 것을."

월터가 말을 이었다.

"이 얼굴을 보니 심란해지는군. 반면, 우리를 지켜보고 있는 성모 마리아의 모습은 얼마나 아름답고 온화한지 몰라."

"그래요. 하지만 제가 느끼기엔 매우 슬픈 표정을 짓고 있는 걸요."

엘리노어가 말했다.

이 세 개의 오래된 그림 아래에는 이젤이 세워져 있었고, 이 젤 위에는 최근에 그리기 시작한 것 같은 그림 하나가 얹어져 있었다. 두 사람은 그림을 살펴보았다. 그러자 구름이 걷히듯 서서히 그림 속 인물의 모습과 삶이 그려지더니, 마침내 그 그림 속의 인물이 자신들이 다니는 교회의 콜먼 목사라는 사실을 깨달았다.

"참으로 인자하신 분이시죠!"

엘리노어가 소리쳤다.

"마치 아버지처럼 제게 한 마디 조언이라도 해 주시려는 듯한 표정으로 절 바라보고 계세요."

"내게도 그래."

월터가 대답했다.

"내가 나쁜 짓을 꾸미고 있는 건 아닌지 의심하는 눈초리를 하고 있군. 당장이라도 고개를 내저으며 날 꾸짖을 것처럼 말이야. 하지만 본래의 성품도 딱 그래. 우리 결혼식 날 이 양반 앞에 설 때까지 저 눈빛 앞에서 한 순간도 편할 날이 없을 것 같아."

그 순간, 두 사람은 마루 위를 걸어오는 발자국 소리를 들었다. 고개를 돌리자 화가의 모습이 보였다. 화가는 조금 전에 그곳에 와서 두 사람의 대화를 듣고 있던 참이었다. 화가는 자신의 화풍에 걸맞은 모습을 한 중년의 남자였다. 고급스런 의상을 걸친 그의 차림새는 다소 흐트러져 있었다. 하지만 그 자체로 매우 멋이 있었으며, 화가의 영혼은 현실이 아니라 그림 속의 인물과 함께 머물고 있어서인지, 이 화가의 모습은 마치 자신이 그린 그림 속의 인물처럼 느껴졌다. 두 사람은 이 화가와 그의 작품과의 동질성을 느꼈고, 덕분에 그가 캔버스 속에서 걸어 나와 두 사람에게 인사를 건네는 것 같은 기분마저 들었다.

이 화가에 대해 어느 정도 들은 바가 있던 월터 러들로는 화가에게 자신들의 방문 목적을 설명했다. 러들로가 말하는 동안, 한 줄기 햇살이 그와 엘리노어의 모습을 비스듬히 비추었고, 덕분에 그 모습은 찬란한 운명의 축복을 받고 있는 젊고 아름다운 남녀를 그린 한 폭의 그림처럼 보였다. 화가는 그 모습에 숨길 수 없는 감동을 느꼈다.

"며칠 동안 저는 그동안 작업 중이던 그림을 계속 진행해야 합니다. 그리고 제가 보스턴에 머물 날은 얼마 되지 않습니다."

화가는 친절한 목소리로 말한 후에, 이윽고 예리한 눈빛으로 두 사람을 바라보며 다음과 같이 덧붙였다.

"하지만 여러분의 소원을 들어 드리도록 하지요. 비록 재판장님과 올리비에 부인이 좀 실망하시긴 하겠지만 말입니다. 하지만 이렇게 멋진 브로드클로스(짜임이 촘촘하고 광택이 있으며 유연하게 직조된 포플린 – 역주)와 아름답게 수놓은 비단옷을 입은 분들의 그림을 그릴 기회를 놓칠 수야 없지요.”

화가는 두 사람을 한 폭의 그림에 담고 싶다고 말하며, 그림 속에서 두 사람이 특정한 동작을 취해 주었으면 좋겠다는 의견을 표했다. 두 연인은 이 계획을 듣고 매우 기뻤지만, 그렇게 할 경우 그림의 크기가 너무 커져서 방을 장식하기에는 어울리지 않을 것 같았다. 이런 이유로 그 계획은 철회되었고, 대신 두 개의 반신상을 그리는 것으로 결정되었다. 두 사람이 화가의 작업실을 떠난 후에, 월터 러들로는 싱긋 웃으며 엘리노어에게 그 화가가 자신들의 운명에 어떤 영향을 미칠 것인지 알고 있느냐고 물었다.

“보스턴의 늙은 여인네들이 말하길…….”

월터가 말을 이었다.

“그 화가가 일단 누군가의 얼굴과 모습을 소유하고 나면, 그 사람의 행동이나 상황을 자기 마음대로 그려낼 거라고 하더군. 그리고 그가 그린 그림은 앞으로 나타날 일을 예언하게 될 거라고 그 노인들은 확신하는 모양이야. 당신은 그걸 믿어?”

“전혀요.”

엘리노어가 빙그레 웃으며 말했다.

“설령 그분이 그런 마법을 부릴 줄 안다고 해도 그분은 아주 신사적인 분이시니 그 마법을 현명하게 사용하시리라 믿어요."

화가는 두 사람의 얼굴이 서로의 얼굴에 빛을 드리워야 한다는 특유의 신비스러운 이유를 들며, 두 사람의 초상화를 동시에 진행하기로 했다. 이에 따라 그는 한 번은 월터를 그리다가 또 다음 순간에는 엘리노어를 그리는 식으로 작업을 진행해 나갔다. 어느덧 캔버스 위에는 두 사람의 특징이 뚜렷하게 드러나기 시작했고, 화가의 탁월한 손놀림 속에서 두 사람은 금방이라도 캔버스에서 나올 듯 생생한 모습을 띠어 갔다. 풍부한 빛과 깊은 그림자 속에서 두 사람은 자신의 환영과도 같은 그림 속 자신의 모습을 바라보았다. 비록 그림 속의 모습은 그들의 외형과 완벽하게 부합했지만, 어째서인지 그림이 짓고 있는 표정만은 다소 만족스럽지 못했다. 그 표정은 화가의 다른 작품들에 비해 훨씬 더 흐릿하고 애매하게 느껴졌기 때문이다. 하지만 화가는 이 작품이 성공할 것이라 예감하며 만족스러워했고, 두 연인에게 깊은 흥미를 느꼈기에 그들에게 알리지 않은 채 두 사람의 모습을 스케치하며 자신만의 기쁨을 느끼기도 했다.

그들이 앉아 있는 동안 화가는 두 사람에게 말을 걸어 이런 저런 이야기를 나눔으로써 그들의 특징이 얼굴에 드러나도록 했다. 그들의 표정은 끊임없이 달라지곤 했지만, 온갖 다양한 표정들을 결합하여 단 하나의 표정으로 잡아내는 것이 화가의 목표였다. 한참이 지난 후, 화가는 다음 방문 때 그 초상화를 집으로 가져갈 준비가 마무리될 것이라고 말했다.

"마지막 손질이 제가 계획했던 대로 충실하게 잘 마무리된다면……."

화가가 말했다.

"이 두 그림은 제게 있어 최고의 작품이 될 것입니다. 화가에게 있어 그런 대상을 만나는 것은 대단히 드문 일이지요."

화가는 말을 하면서도 여전히 두 사람의 눈을 뚫어질 듯 들여다보았고, 그들이 계단 아래에 도착할 때까지 그 시선을 거두지 않았다.

인간의 허영심 중 단연 으뜸은 자신의 초상화를 소유하고자 열망하는 것이리라. 어째서일까. 우리 주변에 있는 거울과 난로 장식에 달린 반짝이는 둥근 장식, 거울처럼 매끈한 수면, 그 외의 반짝이는 표면을 가진 모든 것들은 끊임없이 우리의 초상을 비추건만, 아니, 그런 것들은 초상이라기보다는 우리의 허깨비라는 편이 나을 것이다. 우리는 그런 반짝이는 표면 위에 비친 우리 모습을 슬쩍 바라본 후 그대로 잊어버리고 마니까. 우리가 표면 위에 비친 우리의 형상을 쉽게 잊어버리는 까닭은 그것이 순식간에 사라져 버리기 때문이다. 하지만 그 형상이 사라지지 않고 지속된다면 그것은 바로 지상에서 불멸을 얻는 것과도 같다. 그렇기에 우리는 자신의 초상에 그토록 불가사의한 흥미를 느끼는 것이리라.

월터와 엘리노어 역시 그런 기분을 느끼지 못할 만큼 무심한 성격은 아니었다. 그랬기에 두 사람은 훗날 후손들에게 대표될 자신들의 초상화를 보기 위해, 약속한 시간에 맞추어 화가의 방으로 발걸음을 재촉했다. 햇살이 두 사람을 따라가 화가의 방안으로 스며들었지만, 그들이 문을 닫자 햇살은 다소 울적한 모습으로 문 밖에 덩그러니 남겨졌다. 두 사람의 시선은 곧장 방 안의 제일 안쪽 벽에 세워져 있는 자신들의 초상화로 향했다. 희미한 빛이 감도는 방 안에서 다소 거리를 둔 채 그 그림을 처음 본 순간, 두 사람은 자연스럽고 품위 있는 그림 속 자신들의 모습에 감탄하여 저도 모르게 동시에 탄성을 내뱉었다.

"저기, 우리가 서 있어."

월터가 흥분과 감동이 뒤섞인 목소리로 외쳤다.

"빛 속에서 영원히 멈춰진 모습으로 말이야. 저 얼굴에 어두운 열정이 스며드는 일은 없겠지."

"맞아요."

엘리노어가 좀 더 가라앉은 목소리로 말했다.

"아무리 비참하고 서글픈 변화가 생긴대도 변함없는 모습 그대로 말이죠."

이것은 그들이 그 그림을 향해 걸어가는 동안 이루어진 대화로, 그들은 아직 이 그림을 제대로 살펴보지 못한 상태였다. 화가는 그들을 향해 정중하게 인사를 한 후 두 사람이 자신의 완벽한 작품을 감상하도록 내버려 둔 채, 테이블에 앉아 바쁘게 손을 움직이며 스케치를 이어갔다. 스케치 도중 이따금씩 화가는 손놀림을 멈추고는 짙은 눈썹 아래로 두 사람의 옆모습을 바라보곤 했다. 두 사람은 이제 상대의 그림 앞에 가만히 서 있었다. 그들은 그림 속에 푹 빠져든 채, 말 한마디 없이 생각에 잠겼다. 한참 후, 월터는 앞뒤로 왔다 갔다 하며 다양한 빛 속에서 엘리노어의 초상화를 감상하더니 마침내 입을 열었다.

"변한 게 없나요?"

월터가 다소 의심스런 표정으로 생각에 잠긴 채 말했다.

"그래요. 이 그림을 보면 볼수록 점점 더 확실해지는군요. 확실히 이 그림은 제가 어제 보았던 것과 똑같아요. 드레스도 그렇고, 특징들도 모두 똑같단 말이죠. 그런데 뭔가가 달라졌단 말입니다."

"그렇다면 이 그림이 어제 본 것보다 마음에 들지 않습니까?"

화가는 흥미를 억누르지 못한 채 한층 더 세밀한 스케치를 하며 그에게 물었다.

"이 그림 속의 모습은 엘리노어와 완벽하게 똑같아요."

월터가 대답했다.

"처음 봤을 때는 그림 속의 표정 역시 그녀와 꼭 닮았다고 생각했죠. 하지만 이상하게도 내가 이 그림을 보고 있는 동안 그녀의 표정이 달라지는 것 같단 말입니다. 기묘하게도 나를 바라보는 그녀의 시선이 슬프고 걱정스러운 표정으로 바뀌는 것 같아요. 아니, 단순히 슬프고 걱정스러운 수준이 아니라 고통스럽고 공포에 질린 표정으로 말이지요. 이것이 정녕 실제 엘리노어의 표정이란 말입니까?"

"그렇다면 그림 속의 얼굴과 실제 얼굴을 직접 비교해 보십시오."

화가가 말했다.

월터는 자신의 연인을 힐끔 쳐다보았고, 그 순간 저도 모르게 소스라치게 놀랐다. 미동도 없이 월터의 초상화를 홀린 듯이 바라보고 있는 엘리노어의 얼굴은, 방금 월터가 불평했던 것과 정확히 똑같은 표정을 짓고 있었던 것이다. 설령 그녀가 거울 앞에서 자신의 모습을 오랫동안 바라본다 해도, 그녀는 자신이 그런 표정을 짓고 있다는 것을 제대로 눈치채지 못할 터였다. 또 그림 자체가 거울이 된다 하더라도, 이토록 강렬하고 우울한 진실이 드러난 그녀의 현재 표정을 오롯이 담아내지는 못할 터였다. 엘리노어는 자신의 연인과 화가 사이에 오가는 대화를 전혀 의식하지 못한 채 그림을 바라보는 데만 열중하고 있었다.

"엘리노어!"

월터는 놀란 목소리로 소리쳤다.

"도대체 무슨 일이오?"

엘리노어는 그의 말을 듣지 못한 듯 여전히 월터의 초상화에서 홀린 듯이 눈을 떼지 못했다. 월터가 엘리노어의 손을 잡고 주의를 끌자, 그제야 그녀는 그림에서 시선을 거두었다. 흠칫 몸을 떠는 그녀에게 스쳐 지나간 표정은 영락없이 초상화 속에서 그녀가 짓고 있던 표정 그대로였다.

"당신 초상화에 변화가 있는 걸 눈치챘나요?"

엘리노어가 물었다.

"내 초상화에 말이오? 전혀 모르겠던데."

월터가 자신의 초상화를 들여다보며 말했다.

"어디 보자……. 그렇군. 약간의 변화가 있어. 내 생각엔 좀 더 나아진 것 같아. 겉모습은 달라진 게 없지만, 어제보다 한결 표정이 생생하군. 마치 어떤 생각이 막 떠오른 것처럼 눈이 반짝거리고, 금방이라도 입술 사이로 말을 내뱉을 것만 같은 표정이야. 이제야 표정이 훨씬 더 단호해진 느낌이로군."

월터가 그림을 감상하며 자신의 생각을 말하는 데 열중하는 동안, 엘리노어는 화가를 향해 살며시 몸을 돌렸다. 엘리노어는 슬픔과 두려움을 담은 시선으로 화가를 바라보았다. 막연한 추측일 뿐이었지만, 자신을 바라보는 화가의 눈은 애처로움과 동정심을 담고 있었다.

"저 표정 말이에요!"

엘리노어는 흠칫 몸을 떨며 속삭였다.

"어째서 저런 표정을 짓고 있나요?"

"부인."

화가는 슬픈 목소리로 말하며, 그녀의 손을 잡아끌어 조금 떨어진 곳으로 그녀를 인도하며 말했다.

"이 두 그림 속의 모습은 내가 보았던 그대로를 그린 것입니다. 진정한 화가라면 겉모습 속에 숨겨진 것들을 볼 줄 알아야 하지요. 내면을 들여다보는 것이야말로 화가에게 주어진 가장 영예로운 재능입니다. 하지만 누군가의 영혼 깊숙한 곳을 들여다본다는 것은 아주 우울한 일이기도 합니다. 다른 이들이 수년 동안 쌓아온 생각과 감정을 한번에 간파하여 상대의 내면을 읽어내고는, 자신도 알 수 없는 막연한 힘으로 캔버스를 빛으로 가득 채우거나 혹은 어두움으로 뒤덮곤 하니까요. 저도 제발 이번 경우에는 내가 잘못 본 것이라고 생각하고 싶습니다!"

두 사람은 이제 화가의 테이블 쪽으로 걸어가고 있었다. 테이블 위에는 초크로 그린 두상들과 사람의 얼굴만큼이나 풍부한 표정을 갖춘 섬세한 손의 모습들, 담쟁이 잎들로 덮인 교회의 탑, 초가지붕의 농가들, 벼락 맞은 오래된 나무들, 동양의 고대 의복을 비롯하여 화가가 쉬엄쉬엄 끄적거린 온갖 기발하고 생생한 스케치들로 가득했다. 화가가 아무렇게나 스케치 사이를 뒤적이자, 마침내 두 사람을 그린 스케치가 모습을 드러냈다.

"만일 내가 틀린 거라면⋯⋯."

화가가 말을 이었다.

"만일 당신들의 내면이 저 초상화에 드러난 모습과 다르다면, 그리고 여러분을 그린 다른 그림에서 표현된 나의 묘사를 신뢰할 이유가 없다면, 지금이라도 그림을 수정해 드릴 수 있습니다. 그림 속의 동작을 바꿀 수도 있고 말이지요. 하지만 그렇게 해도 결혼식에 지장은 없겠습니까?"

화가는 엘리노어에게 두 사람을 그린 스케치를 가리키며 말했다.

그 순간 엘리노어는 온몸에 소름이 쫙 끼쳤고, 자신도 모르게 새된 비명을 내지를 뻔 했다. 하지만 그녀는 간신히 비명을 억누르고 가슴 속에 스멀스멀 피어나는 두려움과 괴로운 생각을 숨긴 채 애써 평소의 태도를 유지했다. 엘리노어가 테이블에서 몸을 돌린 순간, 그녀는 월터가 어느새 책상 위에 놓인 스케치를 볼 수 있을 만큼 성큼 다가와 있는 걸 깨달았다. 하지만 월터가 그 스케치를 보았는지는 확신할 수 없었다.

"우리는 그 그림을 바꾸지 않을 거예요."

엘리노어가 재빨리 말했다.

"만일 제 표정이 슬퍼 보인다면, 저는 그 그림과 반대로 오히려 더 즐거운 표정을 지을 테니까요."

"그럼 그렇게 하십시오."

화가는 깊이 머리를 숙여 인사하며 대답했다.

"부디 그대의 슬픔이 그림 속에서만 존재하는 가공의 슬픔이 되길 바랍니다. 여러분의 즐거움이 깊고 진실하여, 제 그림 속의 모습이 거짓이 될 때까지 두 분의 얼굴에 행복함이 깃들기를 진심으로 기원합니다."

월터와 엘리노어의 결혼식이 끝난 후에, 그 그림은 두 사람의 집에서 가장 화려한 장식품이 되었다. 그들은 두 그림을 각각 좁고 긴 틀의 액자에 넣어 나란히 걸어 두었다. 그림 속의 두 사람은 끊임없이 서로를 바라보는 듯했지만, 다가가서 바라보면 어김없이 그림 속 인물들의 시선은 다시 관찰자를 향해 있었다.

그림에 대해 전문적인 지식을 갖추었다고 자부하는 견문 있는 신사들은 이 그림들을 현대 초상화 중 가장 뛰어난 작품의 사례로 높이 평가했다. 반면 일반 관객들은 그림을 실물과 비교하며 하나하나 뜯어보았고, 원래의 모습과 놀라울 정도로 닮았다는 점에 열광하며 그림을 칭송했다.

하지만 이 그림에 가장 강렬한 영향을 받은 사람들은 견문을 갖춘 권위자도, 평범한 관찰자들도 아닌, 타고난 섬세한 감수성을 가진 인물들이었다. 이들은 처음에는 별 생각 없이 그림을 바라보다가 점점 큰 흥미를 느끼게 되었고, 매일같이 찾아와서 신비한 책의 한 페이지, 한 페이지를 살피듯 이 그림 속의 얼굴을 구석구석 살펴보곤 했다. 가장 먼저 그들의 주의를 끈 것은 월터 러들로의 초상화였다. 월터와 그의 아내가 없는 동안, 종종 그들은 화가가 그림 속에서 담아내고자 한 인물의 표정의 해석에 대해 열 띤 논쟁을 벌이곤 했다. 그리고 그 표정에 대한 해석이 각양각색 이었음에도 불구하고, 이 표정이 매우 인상 깊고 의미가 있다는 사실에는 모두 동의하는 바였다.

반면, 엘리노어의 그림에 관해서는 의견의 다양성이 덜했다. 그녀의 표정 속에 담겨진 우울함의 본질과 깊이의 정도에 대해서 는 사람들마다 의견이 갈리긴 했지만, 그녀의 우울한 표정은 젊은 엘리노어의 본성과는 거리가 먼, 어둡고 생경한 표정이라는 데에 의견이 모아졌다.

어느 상상력이 풍부한 이는 이 그림을 한참이나 살펴본 후, 이 두 그림은 하나의 작품이며 엘리노어의 얼굴에 나타난 강렬한 우울함은 월터의 생생한 감정-그의 표현에 따르면 '거친 열정'- 과 관련이 있다고 말하기도 했다. 그리고 그는 서툴게나마 두 사 람의 표정에 어울리는 동작을 스케치하기도 했다.

친구들 사이에서는 하루하루 엘리노어의 얼굴에 수심이 깊 어져서 그녀가 점점 더 초상화 속의 우울한 표정과 닮아 간다는 소문이 돌기 시작했다. 반면, 월터는 캔버스 속의 그림처럼 생기 를 띠어가는 대신, 점점 말이 없어지고 기가 꺾인 모습이었다. 그는 외부로 일절 감정을 드러내지 않았지만, 마음속으로는 잔뜩 속을 끓이고 있었다. 시간이 지나자, 엘리노어는 먼지와 빛 때문에 그림의 색상이 바래진다는 핑계로, 황금빛 술이 달린 아름다운 꽃무늬의 보랏빛 실크 커튼을 그림 앞에 걸어 두었다. 이러한 행위는 방문객들에게 그녀의 의도를 알리기에 충분했다. 방문객들은 그 초상화를 가리고 있는 주름진 커튼을 결코 걷어서는 안 되며, 또 그녀 앞에서 절대 초상화에 대해 언급하지 말아야겠다고 생각했다.

그렇게 시간이 흘러갔고, 그 화가가 다시 나타났다. 화가는 그동안 북부 지방에 머물며 크리스털 힐스의 은빛 폭포를 구경하고, 뉴잉글랜드의 가장 높은 산의 정상에서 구름과 숲의 광활한 풍경을 내려다보았다. 하지만 그는 그 장엄한 자연의 풍경을 그림으로 모방함으로써 그 장면을 모독하지 않았다. 그는 또한 조지 호수의 한복판에 카누를 띄우고 드러누운 채, 그 아름답고 웅장한 자연경관을 그의 영혼에 거울처럼 비추도록 했다. 그가 바티칸에서 본 그림들이 생생함을 잃고 그의 기억 속에 묻힐 때까지……

그는 또 인디언 사냥꾼들과 함께 나이아가라로 향했다. 이번에도 그는 그 경이로운 폭포 한 자락을 어설픈 그림으로 모방하는 것보다는 차라리 폭포가 뿜어내는 그 어마어마한 포효를 표현하는 게 낫겠다는 기분이 들어 무용지물이 된 연필을 폭포 아래로 던져 버렸다. 사실 그는 생각과 열정, 고통이 스며든 인간의 형상과 얼굴을 묘사하는 것 외에, 자연 풍경을 모방하고픈 충동은 거의 느끼지 못했다.

모험으로 가득한 여정의 날들을 보내면서 화가의 경험은 점점 더 깊어졌다. 그는 단호한 위엄을 갖춘 인디언 추장, 거무스레한 피부의 아름다운 인디언 소녀들, 원형 천막에서의 소박한 일상, 비밀스런 행군, 어둑한 소나무 숲에서 벌어지는 전투, 수비대를 갖춘 국경의 요새, 왕실에서 나고 자랐지만 덤불투성이 사막에서 머리가 하얗게 새어버린 독특한 늙은 프랑스 당원 등과 같은 여러 인물들과 장면들을 스케치했다. 위기일발의 순간의 열기와 흥분, 거친 감정의 과시, 맹렬한 힘에 대한 갈망, 사랑, 증오, 슬픔, 광기와 같이 이 땅 위의 오랜 역사 속에서 만들어진 인간의 모든 진부하고도 근본적인 감정들은 새로운 형태로 그의 눈앞에 모습을 드러냈다.

화가의 작품 목록은 그의 기억을 담은 삽화들로 가득 채워졌으며, 그의 재능은 그림을 통해 실체화되고 불멸을 얻게 될 터였다. 그는 지금까지 자신이 찾아 헤매던 예술에 대한 깊은 지혜를 발견한 것만 같았다.

하지만 냉혹하면서도 매력적인 자연 한가운데서, 그리고 위험스런 숲속이나 압도적인 평화 속에서도, 그가 가는 길에는 늘 두 사람의 환영이 따라다녔다.

의미와 목적 그 자체에만 순수하게 몰두하는 다른 이들과 마찬가지로, 그 화가 역시 대부분의 사람들로부터 고립되어 있었다. 그는 궁극적으로 자신의 작품과 관련이 있는 것 외에는 이루고자 하는 목표도, 즐거움도, 동정심도 없었다. 비록 그의 태도는 정중하고 의도와 행동은 정직했지만, 그에게는 온화함이나 이해심 같은 감정은 존재하지 않았다. 그의 심장은 얼음처럼 차디찼으며, 살아 있는 어떤 생명체도 그의 심장을 따뜻하게 만들 수 없었다.

하지만 그 두 사람에 대해서는 달랐다. 그 두 사람은 이 화가가 늘 그리고자 했던 주제와 가장 밀접한 관련성을 지니고 있었기에, 그는 두 사람의 존재에 이루 말할 수 없는 강렬한 흥미를 느꼈다. 그는 예리한 통찰력으로 그들의 영혼을 파고들었으며, 자신만의 엄격한 구상을 바탕으로 세상 누구도 도달하지 못할 턱없이 높은 기준을 갖고 최고의 기량과 솜씨를 발휘하여 그들의 모습을 그려냈던 것이다.

그는 자신이 그 그림을 통해 미래의 어두움, 즉 어떤 무시

무시한 비밀을 감지해 냈다고 느꼈고(적어도 그의 상상 속에서는 그랬다), 자신이 감지한 바를 초상화 속에 모호하게 드러내었다. 그는 자신이 가진 모든 것들, 즉 자신의 상상력과 모든 힘을 다 바쳐서 월터와 엘리노어를 깊이 관찰했고, 그가 그림 속의 영역에 살게 한 다른 수천 명의 인물들과 마찬가지로 그들이 자신의 창조물이라고 여겼다. 그랬기에 두 사람의 모습은 황혼 무렵 숲 사이에서 불쑥 나타나기도 하고, 폭포가 만들어 내는 안개 위를 맴돌았으며, 거울처럼 매끈한 호수의 수면을 들여다보는가 하면, 한낮의 강렬한 태양 속에서도 사라지지 않고 그 모습을 드러내곤 했다. 두 사람의 모습은 산 자의 모조품도 아니요, 죽은 이의 창백한 허깨비 같은 모습도 아니었다. 이들은 화가의 마법으로 영혼의 동굴 속에서 불러 낸 그림 속 초상화의 모습과 표정 그대로 화가의 그림 같은 환상 속에서 떠돌아다니곤 했다. 화가는 대서양을 건너 미국을 떠나기 전에, 이 환상과도 같은 그림 속 인물들의 실제 모습을 반드시 다시 만나야겠다고 느꼈다.

"오, 영광스런 예술이여!"

화가는 열정에 사로잡힌 채 거리를 걸으며 생각했다.

"그대, 예술은 곧 창조주 그 자신의 형상이로다. 무에서 떠도는 무수한 형체들이 그대의 손끝에서 시작되는구나. 그대를 통해 죽은 자는 되살아나리. 그대는 죽은 자들의 오래된 장면을 불러와 잿빛 그림자에 더 나은 생명의 빛을 불어넣음으로써, 죽은 이들을 단숨에 지상으로 데려와 불멸의 존재로 만들어 주는구나. 또한 그대는 빠르게 스쳐가는 역사의 한 순간을 붙들어 두기도 하나니. 그대에게는 과거가 없다. 그대의 손길이 닿는 모든 것은 현재의 순간으로 영원히 남기에 그림 속의 인물들은 그림 속의 모습과 행위 그대로 아주 긴 세월을 살 수 있도다. 예술의 힘이란 이 얼마나 강력한가! 그대가 희미하게 드러낸 과거를 우리가 '현재'라고 부르는 좁디좁은 햇살에 비추인다면, 그대는 장막에 가려진 미래를 소환해 낼 수 있을까. 혹시 나는 그것을 성취한 건 아닐까. 나는 그대를 통한 예언자가 아닌가."

그는 자랑스럽고도 우울한 열정에 사로잡힌 나머지, 그의 몽상에 대해서는 아무것도 모르고 또 그것을 이해할 수도 없는 사람들 사이를 비집고 걸어가며 거의 큰 소리를 내지를 뻔 했다. 인간이 고독한 야심을 품는 것은 바람직한 일이 아니다. 만일 주변에 자신이 따르고 공감할 수 있는 이가 아무도 없다면, 그는 스스로를 조절하지 못하고, 자신의 생각과 욕망, 갈망이 도를 넘어버려 결국 미치광이의 모습이 되어 버릴 테니까. 다른 사람의 내면을 거의 불가사의할 정도로 긴밀하게 읽어내는 혜안을 가졌음에도 불구하고 그 화가는 정작 자기 내부의 혼란을 보는 데는 실패했던 것이다.

"틀림없이 이 집이 바로 그 집이렷다."

화가는 문을 두드리기 전에 집 앞에 서서 집의 정면을 위아래로 바라보며 말했다.

"천상의 힘이 내 지력을 일깨우는구나! 그 그림! 그 그림은 결코 사라지지 않으리. 창문과 문을 볼 때마다 초상화 속의 얼굴들과 스케치 속의 행동들이 창틀과 문틀을 액자삼아 강렬한 색채와 풍부한 색조를 빛내는구나!"

그는 문을 두드렸다.

"그 초상화들은 안에 있습니까?"

화가는 대뜸 하인에게 이렇게 물었다. 하지만 이내 마음을 가라앉히고는 다시 질문했다.

"주인과 안주인께서는 댁에 계십니까?"

"그렇습니다. 그분들은 집안에 계십니다."

하인은 그 화가가 결코 벗어던질 수 없는 특유의 생생한 그림과도 같은 그의 외관을 바라보며 한 마디 덧붙였다.

"그리고 그 초상화들도 집안에 있습니다."

화가는 중앙 입구를 통해 같은 크기의 내부 공간이 이어져 있는 거실 안으로 인도되었다. 첫 번째 방은 텅 비어 있었다. 그가 두 번째 공간의 입구를 지난 순간, 화가는 오랜 시간 동안 자신의 기묘한 관심의 대상이었던 초상화 속의 주인공들의 모습을 볼 수 있었다. 그는 자신도 모르게 문지방에 그대로 멈춰 섰다.

두 사람은 화가의 방문을 눈치채지 못한 채, 초상화 앞에 서 있었다. 별안간 월터는 한 손으로 자신의 신부를 거칠게 붙잡고, 다른 한 손으로는 풍성하게 주름진 실크 커튼에 달린 황금빛 장식 술을 쥐고는 그대로 홱 잡아당겼다. 몇 달 만에 모습을 드러낸 그림들은 예전과 다름없는 변치 않는 화려함을 빛냈다. 하지만 그 그림은 외부의 빛을 받아 방을 밝히기보다는, 오히려 방 안을 우울한 빛으로 물들였다. 엘리노어의 얼굴에 떠오른 표정은 거의 예언 그 자체였다. 구슬프고도 차분한 슬픔에 잠긴 엘리노어의 표정은 지속적으로 그녀의 얼굴에 자리 잡았고, 시간이 흐르면서 그 표정은 고요한 번민으로 그녀의 얼굴 깊이 새겨졌던 것이다.

두려움과 슬픔이 뒤섞인 엘리노어의 표정은 이제 영락없이 초상화 속의 표정 그대로였다. 월터의 얼굴은 변덕스럽고 무심했지만, 그림에서 내비친 빛이 방안을 한층 더 어두움으로 물들인 순간, 월터의 얼굴은 갑작스레 활기를 되찾았다. 그는 그 자리에 우뚝 선 채 홀린 듯한 눈빛으로 엘리노어의 얼굴과 초상화 속의 그녀의 얼굴, 그리고 초상화 속의 자기 자신의 얼굴을 차례차례 바라보았다.

그 순간, 화가는 뒤에서 먹잇감을 향해 뚜벅뚜벅 걸어오는 운명의 발자국 소리를 들은 것만 같은 착각에 사로잡혔다. 이상한 생각이 그의 머릿속에 획 꽂혀들었다. 그 운명을 실체화시킨 것은 바로 그 자신이 아닐까. 그리고 자신은 스스로가 예견한 악의 대리인이 아닐까.

여전히 월터는 한 마디 말도 없이 그림 앞에 서 있었다. 그는 마치 화가가 그림 속에 드리운 사악한 힘의 주술에 그대로 자신을 내맡긴 채, 그림 속의 자기 자신과 이야기하는 것 같았다. 서서히 월터의 눈빛은 불타오르듯이 빛났고, 반면 엘리노어는 거칠어지는 그의 얼굴을 보며 공포에 사로잡힌 표정을 지었다. 그리고 마침내 월터가 엘리노어를 향해 몸을 돌린 순간, 그들 두 사람은 초상화 속의 모습과 완벽히 똑같은 표정을 짓고 있었다.

"이것이 우리의 운명이야!"

월터는 악을 쓰며 외쳤다.

"죽어!"

월터는 칼을 꺼내들고는 바닥에 막 쓰러지려는 엘리노어를 붙잡아 그녀의 가슴을 향해 칼을 치켜들었다. 두 사람의 행동과 표정, 그리고 그 태도에서 화가는 자신이 스케치했던 바로 그 모습을 보았다. 그리고 그 순간, 화가의 스케치는 온갖 화려한 색깔로 채색되며 마침내 완성되었다.

"멈춰! 이 미치광이야!"

화가는 단호한 목소리로 외쳤다.

화가는 자신이 서 있던 문에서 성큼 걸어 나가 그 비참한 인간들 사이에 섰다. 그 모습은 자신이 캔버스 위의 장면을 바꾸듯, 실제로 그들의 운명을 조절하는 힘이라도 가진 것 같은 태도였다. 화가는 자신이 불러 낸 환영들을 자유자재로 조종하는 마법사처럼 그 자리에 우뚝 서 있었다.

"쳇!"

어느새 지독한 흥분 대신 무심한 음울함이 가득한 표정으로 되돌아간 월터 러드로가 맥 빠진 소리로 투덜댔다.

"운명이 스스로의 임무에 훼방을 놓다니!"

"가엾은 부인……."

화가가 엘리노어를 향해 말했다.

"그러기에 제가 경고하지 않았습니까?"

"네, 당신은 경고하셨죠."

공포가 차분한 슬픔으로 가라앉자, 엘리노어는 침착한 목소리로 대답했다.

"하지만 전 그를 사랑한 걸요."

이 이야기 속에 숨어 있는 도덕적인 면은 무엇일까. 우리가 행하는 하나 또는 모든 행위의 결과가 우리 앞에 전조를 드리워서 미리 알려 준다면? 어떤 이들은 그것을 '운명'이라 부르며 앞서서 서두르고, 어떤 이들은 자신들의 열렬한 욕망과 함께 운명에 휩쓸릴 것이다. 그리고 그 누구도 '예언적 그림'으로부터 벗어나지 못하는 것이다.

Nathaniel Hawthorne
Twice-Told Tales

Nathaniel Hawthorne

호손의 인생 수업

5교시

'가치'에 대하여

A RILL FROM
THE TOWN-PUMP

마을 펌프가 들려준 이야기

• 장면 설명 •

두 개의 큰 도로 구석에 있는 마을 펌프가
펌프의 주둥이를 통해 이야기하고 있다.

● 북쪽 시계가 "땡!" 하고 정오를 알립니다. 동쪽 시계도 "땡!" 하고 정오를 알립니다. 그리고 정확히 제 머리 꼭대기에서 사정없이 내리쬐는 뜨거운 햇볕이 제 주둥이 아래 물받이 통에 고여 있는 물을 부글부글 끓여대기 직전인 걸 보니 저 역시도 정오를 알립니다!

정말이지 우리처럼 공적 신분을 가진 이들에게는 참으로 힘든 때가 아닐 수 없습니다요. 매년 3월마다 열리는 회의에서 선출된 마을 공무원들 중에서, 마을의 공동 펌프인 이 몸이 죽을 때까지 하는 온갖 잡다한 업무를 고작 일 년이라도 버텨내는 이는 아무도 없을 테니까요.

마을의 '재정 담당자'라는 직책은 바로 저에게 주어져야 마땅합니다. 저는 마을에서 가장 귀중한 보물을 관리하고 있으니 말이지요. 또 거지들을 돌보는 구휼 담당자들은 저를 민생 안전 책임자로 지명해야 합니다. 왜냐하면 저는 세금을 축내지 않고도 거지들에게 필요한 것들을 어마어마하게 제공해 주니 말입니다.

저는 또 소방부서의 최고 책임자인 동시에 건강 부서의 의사 중 하나이며, 평화를 지키는 파수꾼 역할도 하지요. 물을 마시러 오는 사람들은 누구나 저를 마을의 치안관 같은 존재로 인정한다, 이 말씀입니다.

제가 하는 일이 어디 그뿐이겠습니까? 저는 마을의 중요한 일을 널리 퍼뜨리는 업무도 하고 있습니다. 마을 전체에 알릴 중요한 공지가 있을 때마다, 공지문을 제 면전에 딱 붙여 놓고 사람들에게 새로운 소식을 전하는 일을 맡고 있으니 말이지요. 말하자면 이 몸은 이 일대에서는 마을의 주요 인물이자, 냉정하고 성실하며 정직하고 청렴한 동시에, 공정하게 업무를 이행하며, 한결같이 이 자리에 말뚝을 박고 서서 맡은 바 소임을 다하고 있으니 다른 모든 공무원들이 마땅히 보고 배워야 할 본보기와 같은 존재라고 할 수 있지요.

여름이건 겨울이건 저를 찾아오는 사람들이 빈손으로 돌아가는 일은 절대 없습니다요. 저는 종일 시장 바로 옆, 마을에서 가장 번화한 곳에 서서 부자와 가난한 이들에게 공정하게 도움의 손길을 내밀지요. 그리고 밤에는 제 머리 위에 있는 등불을 환하게 밝혀서 사람들에게 저의 위치를 알려 주고, 사람들이 발을 헛디뎌서 도랑에 빠지는 일을 막아 주는 역할도 한다, 이 말씀이지요.

이렇게 찜통처럼 푹푹 찌는 한낮이면, 저는 제 허리에 사슬로 연결된 이 철제 술잔으로 목마른 주민들에게 시원한 물을 한 잔 가득 채워주며 그들의 갈증을 달래 주지요. 마치 군인들의 소집일에 길가로 나와서 술을 파는 주류 판매상들처럼, 저 역시도 꾸밈없는 저만의 어조로 목청껏 모든 사람들을 향해 외쳐대곤 하지요. 바로 이렇게 말입니다.

자, 신사 여러분들, 여기를 주목하세요! 여기 아주 신선하고 몸에 좋은 물이 있답니다. 어서들 오십시오, 신사 여러분. 다들 한 번 와 보시라니까요! 물건이 아주 좋아요! 불순물이라곤 하나도 섞이지 않은, 인류의 조상 아담이 마시던 순수한 음료가 바로 여기 있습니다요. 코냑이나 네덜란드 술, 자메이카 술 따위는 저리 가라고요. 독한 맥주나 값비싼 와인보다도 훨씬 뛰어난 음료라 이 말씀입니다! 큰 통 가득 채워가든, 딱 한 잔만 채워가든 땡전 한 푼 안 든답니다! 자, 어서들 오세요, 신사 여러분. 오셔서 마음껏 드세요!

이토록 목이 터져라 외쳐 댔는데도 불구하고 손님이 하나도 오지 않는다면, 참으로 애석한 일이겠지만 다행히도 그럴 일은 없지요. 여기 손님들이 왔군요! 어서들 오세요, 날씨가 더우시죠? 시원하게 한 잔 마시고 기분 좋게 땀을 식히고 가세요.

어서 오게나, 친구. 그 소가죽으로 만든 신발 위에 잔뜩 쌓인 먼지처럼 자네 목구멍 속의 텁텁함도 한잔 마시며 시원하게 씻어 내라고. 나는 자네가 오늘 십 마일이나 되는 거리를 터벅터벅 걸어왔다는 걸 알고 있다네. 자네는 현명하게도 선술집에 들르는 대신, 졸졸 흐르는 시냇물과 시원한 샘물 옆에서 발걸음을 멈추고

휴식을 취하면서 쉬엄쉬엄 온 게로구먼. 그렇지 않았더라면 자네 몸의 외부는 열기로 벌겋게 익고, 신체 내부는 후끈하게 달아올라 속이 온통 까맣게 타 버렸거나, 아니면 해파리처럼 흐물흐물 녹아 버렸을지도 모른다고.

자, 그럼 얼른 마시고 다음 친구를 위해 자리를 내 주게나. 그 친구는 간밤에 내 잔으로 물을 마시는 대신, 술을 한잔 걸친 것 같군. 취기로 인한 열을 식히기 위해서는 내 도움이 간절하다 이 말씀이야. 어서 옵쇼, 거나하게 취한 신사 나리!

지금까지 우리는 서로 일면식도 없는 사이였고, 솔직히 고백하자면 자네가 내뿜는 그 고약한 술 냄새가 사라지기 전까지는 우리 좀 더 거리를 두면 게 어떻겠나. 친목은 그 이후에나 다지자고. 세상에, 이런! 쯧쯧쯧……. 자네가 어젯밤에 마신 그 술이 자네의 뜨끈한 목구멍 속으로 치직거리는 소리를 내며 넘어가서, 자네가 위장이라고 믿고 있는 그곳을 열기로 후끈 달구어서 지옥의 축소판으로 만들어 버린 게로구먼. 자자, 어서 물 한잔 더 마시고 진정하게나. 그리고 정직한 술꾼의 명예를 걸고 내게만 살짝 말해 주게. 자네는 혹시 아이들에게 음식을 사 줄 돈을 지하실이나 여인숙 아니면 술집에서 기분 좋게 술을 마시는 데 홀라당 써버린 적이 있지 않은가?

　이제 자네는 십년 만에 처음으로 시원한 물의 참맛을 알게 되었군 그래. 그럼 잘 가게나. 목이 탈 때마다 부디 나를 기억해 주게. 나는 언제나 이 자리에 장승처럼 우뚝 서서 자네가 원하는 만큼 마음껏 물을 마시게 해 줄 테니 말이야.

　어디 보자, 다음 손님은 누구신가? 오, 우리 꼬마 친구가 납시었군. 학교를 마치고 발갛게 달아 오른 얼굴을 씻어내고, 마을 펌프에서 시원한 물을 한잔 마시며 선생님께 체벌 당한 기억이나 학교와 관련된 여러 가지 걱정거리들을 떠내려 보내려는 모양이구나. 어서 마시렴. 이건 너의 젊음의 기운만큼이나 맑고 깨끗한 순수한 물이란다. 마음껏 마시려무나. 앞으로는 네 마음과 혓바닥이 지금처럼 격한 갈증으로 타오르는 일이 없었으면 좋겠구나. 잘 했어, 요 꼬마 친구야. 이제 잔을 내려놓고, 이 늙은 신사 양반께 자리를 양보해 드리렴.

　음……, 이 신사 양반은 바닥에 깔린 돌이 깨어지는 걸 두려워하기라도 하는 것처럼 걸음걸이가 마냥 조심스럽군. 아니, 지금 뭐하자는 겐가! 내게 감사하다는 말 한마디 없이 다리를 질질 끌며 가 버렸다 이거지? 마치 집에 포도주 저장고가 없는 가난한 사람들이나 내게 찾아 와서 굽실대며 물을 얻어 마신다는 듯한 태도로군! 뭐, 좋아. 자네의 태도야 어떻든 나야 손해 볼 것 하나 없다고. 신사 양반, 당신은 얼른 가서 포도주의 코르크를 퐁 따서, 우아하게 디캔터에 실컷 따라 마시게나. 하지만 당신의 엄지발가락이 아파서 고함을 지르건 말건 그거야 내 알 바 아니라고.

신사 양반들이 통풍에 걸렸을 때의 그 찌릿찌릿한 자극을 정말로 즐기신다면야, 뭐 마을 펌프인 이 몸은 그러든지 말든지 하나도 관심 없다네. 빨간 혀를 축 내밀고 헉헉대는 이 목마른 개 한 마리조차도 내 환대를 고맙게 받아들여, 뒷다리를 번쩍 들고 홈통에 있는 물을 벌컥벌컥 마시고 있지 않은가. 이제 기운을 차린 듯 가볍게도 뛰어가는구나! 턱이 축 늘어진 개야. 너는 당연히 통풍 따위는 걸려 본 적이 없겠지?

자, 모두들 만족하셨나요? 그럼 여러분들, 다들 입을 닦으세요. 저는 이제 물을 뿜어내는 걸 잠시 멈추고, 마을의 역사에 대한 이야기를 들려 드리도록 하겠습니다.

옛날 옛적, 오래된 나뭇가지들이 짙은 그림자를 드리우는 땅이 있었지요. 그 땅 위는 온통 낙엽으로 덮여 있었습니다. 그런데

그곳에서 샘 하나가 퐁퐁 솟아나기 시작한 겁니다. 그 샘이 솟아
난 곳이 햇살이 비치는 포장도로 위, 바로 제가 서 있는 이곳이란
말입니다.

그 샘물은 너무나 아름답게 빛을 내는데다, 아주 맑고 깨끗
해서 마치 액체로 된 귀한 다이아몬드 같았지요. 인디언 추장들은
누구도 기억하지 못하는 태곳적 시절부터 그 물을 마셔왔습니다.
엄청난 포화와 총탄으로 인하여 민족 전체가 완전히 몰살당하기
전까지는 말이지요.

인디언들이 사라진 후에 엔디콧(John Endecott, 1588-1665?:
미국 식민지 시절 뉴잉글랜드의 초기 인물 중 하나로, 훗날 매사추세츠주
가 된 매사추세츠만식민지Massachusetts Bay Colony에서 오랫동안 총독으로
일했다-역주)과 그의 부하들이 샘을 찾아와서 긴 수염이 물에 담
기도록 무릎을 꿇은 채 그 샘물을 마시곤 했습니다. 당시에 가장
귀한 술잔은 자작나무 껍데기로 만든 것이었지요. 윈슬롭 총독
(John winthrop, 1587?-1649: 영국 청교도인 변호사였으며, 플리머스 식
민지 이후 뉴잉글랜드에서 두 번째로 큰 정착지인 매사추세츠만식민지를
세운 인물 중 한 명이다-역주)은 보스턴에서 장시간 도보 여행을 한
후에, 이곳에서 두 손을 모아 동그랗게 만들고는 물을 가득 담아
마셨지요.

교회 장로였던 히긴슨 씨는 이곳에서 샘물에 손바닥을 적시고는 마을에서 처음으로 태어난 아이의 이마에 얹고 세례를 했지요. 긴 시간 동안, 이곳은 마을 사람들이 물을 마시는 장소이자 세면대 같은 역할도 도맡아 했습니다. 지체 높은 분들이 이곳으로 와서 샘물에 얼굴을 말끔히 씻어내고, 거울처럼 매끈한 샘의 수면 위에 비친 자신의 모습을 물끄러미 바라보곤 했거든요. 특히나 아름다운 숙녀들이 그랬더랬지요.

그리고 안식일에 세례를 받을 아기들이 있는 날이면, 교회의 일꾼이 이곳에 물동이를 가져와서 물을 한가득 채우고는 그 물을 소박한 예배당의 성찬대 위에 놓아두었지요. 저기 당당하게 서 있는 멋진 벽돌 건물에 예전의 그 낡고 허름한 예배당의 일부가 남아 있답니다.

그렇게 사람들은 대대로 이 샘물로 세례를 받고, 거울처럼 매끈하고 투명한 샘의 수면을 바라보며 서서히 피어올랐다가 천천히 시들어가는 자신의 모습을 비추이다, 이 세상에서 사라져갔지요. 마치 인간의 삶이란 한갓 샘에 비쳤다가 사라지는 이미지에 불과하다는 듯이 말입니다.

그리고 결국에는 그 샘 역시 사라지고 말았습니다. 사람들이 사방팔방으로 땅을 파내고, 수레마다 자갈을 한가득 싣고 와서 샘의 수원에 들이부었거든요. 결국 샘이 있던 자리에는 흙탕물만 찔끔찔끔 흘러나왔고, 두 개의 큰길가에 진흙 웅덩이를 만들었지요. 신선한 물이 여느 때보다도 간절한 어느 여름에, 모두의 기억 속에서 사라진 샘의 수원 위로 모래 먼지가 춤추듯 소복이 쌓였고, 그곳은 결국 물의 무덤이 되어 버렸답니다.

하지만 시간이 지나면서 마을 수도의 펌프가 그 오래된 샘의 수원에 닿게 되었지요. 그리고 그 수도의 펌프가 낡아서 못 쓰게 되면 또 다른 펌프로 대체되었고, 그런 식으로 지금까지 긴 세월이 이어지게 된 것입니다. 그리고 바로 그렇게 해서 제가 지금 이곳에 서 있게 된 것이지요. 신사 숙녀 여러분들께 철로 된 이 잔으로 물을 대접하기 위해서 말입니다.

자, 그럼 물을 마시고 기운들 내십시오. 이 물은 그 오래된 나뭇가지 아래에서 붉은 피부를 가진 인디언 추장들의 타는 듯한 목마름을 풀어주던 그 차갑고 순수한 바로 그 물이랍니다. 비록 그 귀중한 야생의 보석과도 같은 샘은 이제 저 벽돌로 지어진 건물 그림자 외에는 아무런 가림막도 없이, 내리쬐는 태양빛을 그대로 받아서 뜨겁게 데워진 포장도로의 돌 밑에 숨겨져 버렸지만 말이지요.

하지만 오랫동안 버려지고 사람들의 기억에서 잊혔던 샘이 다시금 사람들에게 알려지고 그 가치를 인정받게 되었다는 것이 바로 이 이야기에서 얻을 수 있는 교훈이지요. 덕분에 여러분의 아버지 시대만 해도 제대로 평가받지 못했던 이 맑고 시원한 물이 이제는 모두에게 인정을 받게 되었다, 이 말씀입니다.

자, 여기 계신 선량한 신사 숙녀 여러분! 죄송하지만 청산유수와도 같던 제 능변은 이쯤 해 두고, 얼른 물을 퍼 올려서 물받이 통에 다시 물을 채워야겠군요. 왜냐하면 저기서 몰이꾼이 마구를 씌운 두 마리 수소들을 몰고 오고 있거든요. 아마도 탑스필드 어디쯤에서 오는 모양입니다.

제가 하는 업무 중에서 가축에게 물을 먹이는 것만큼 즐거운 일은 또 없답니다. 요 녀석들이 얼마나 허겁지겁 물을 마셔대는지 좀 보세요! 물받이 통에 표시된 물의 수위가 쭉쭉 낮아지는 게 보이시죠? 이네들의 커다란 위장을 촉촉하게 적셔 주려면 한 마리당 1.2 갤런 정도는(1갤런은 약 4.5리터이다 – 역주) 마셔 줘야 한다고요. 그 정도는 마셔야 이 친구들이 편안하고 만족스러운 숨소리를 내거든요. 이제 이 수소들은 가만히 눈을 굴리며, 이 거대한 물통 가장자리를 빤히 쳐다보고 있네요. 정말이지 수소들은 끝내주게 잘 마셔대는 친구들이라니까요.

　　여러분들은 아마 제 이야기를 마저 듣고 싶어서 꽤나 초조하실 줄로 압니다. 송구스럽지만, 제가 저의 잡다한 장점들에 대해 자랑삼아 이야기한다 해도 부디 잘난 척 한다고 생각하지 마시고 너그럽게 귀 기울여 들어 주셨으면 합니다. 그건 여러분들께도 도움이 되는 이야기일 겁니다. 여러분이 저의 장점을 생각하면 할수록, 자기 자신의 장점도 찾을 수 있을 테니 말이지요.
　　우선 빨래하는 날만 떠올려 봐도 제가 여러분께 얼마나 큰 도움이 되는지 알 수 있을 겁니다. 그 자체만으로도 저는 수없이 많은 가정에 없어서는 안 될 필수품이라 할 수 있지요. 물론 그 뿐만이 아니지요. 친애하는 제 친구 여러분. 만일 제가 여러분의 몸과 얼굴을 깨끗하게 만들어 드리기 위해서 뼈가 빠지도록 노력하지 않는다면, 여러분은 지저분한 얼굴을 남들에게 보일 수밖에 없으시겠지요?
　　꼭 짚고 넘어가야 할 게 또 있습니다. 여러분은 한밤중에 요란하게 종이 울리는 소리를 들을 때마다, 마을이 몽땅 불에 타버릴까 벌벌 떨면서 마을 펌프로 달려오지요. 그때마다 저는 혼란

속에서도 침착하게 제 자리에 떡 버티고 서서, 여러분을 위해 저의 생명과도 같은 물을 언제든지 제공할 준비를 하고 있지요.

물론 그게 다가 아닙니다. 저는 의료인 학위를 받아야 할 정도로 의사로서의 자격이 충분하다는 사실은 입이 닳도록 말해도 모자랄 정도지요. 아무렴, 히포크라테스 시대부터 사람들의 건강을 더 망치거나 혹은 제대로 낫게 해 주지도 못한 그 몹쓸 민간요법들보다는 저의 단순한 진료가 훨씬 바람직하지요. 넓게 보면 제가 인류에 얼마나 유익한 영향을 미치고 있는지는 이루 말할 수가 없단 말입니다.

아니, 사실 지금까지 말한 것들은 저의 지극히 사소한 장점에 불과합니다. 현자들은 저(단순히 '저'라는 개인이 아니라 제 동료들을 포함해서 말이지요)를 '시대의 위대한 개혁가'로 인정했다, 이 말씀입니다. 저와 제 동료들의 주둥이에서 흘러나오는 물이, 지구상에 존재하는 온갖 죄와 고통을 상당 부분 깨끗이 씻어 주거든요. 그 죄와 고통이란 바로 독주를 만드는 증류주 제조기에서 사납게 뿜어져 나온 것이지요.

이 위대한 사업에서 젖소와 저는 위대한 동맹이라 할 수 있습니다. 우유와 물! 마을 펌프와 젖소! 정말 영광스러운 조합이 아닐 수 없습니다. 젖소와 저희는 함께 힘을 모아 증류기와 양조장을 해체시키고, 포도원을 뿌리째 뽑아버릴 것입니다. 그리고 사과 주를 짜내는 기계를 산산이 부수어 버리고, 차와 커피 거래는 남김없이 짓밟아 놓을 것입니다. 그리하여 마침내 음료 산업은 우리가 독점하게 될 날이 올 것입니다.

　이 얼마나 축복받아 마땅한 결말인가요. 그렇게만 된다면 이 땅 위에는 가난의 여신이 자신의 누추한 모습을 숨길 수 있는 낡고 허름한 오두막 따위는 모두 사라지게 될 것입니다. 그러면 질병의 신 역시 먹잇감을 발견할 수 없어, 결국에는 자기 자신의 심장을 야금야금 갉아먹다 결국에는 죽어 버리고 말겠지요. 지금까지 인간은 조상 대대로 술에 대한 열광을 자손에게 전해 주었습니다. 그렇기에 사람들은 불같은 독주 한 잔을 처음 마신 순간, 조상 대대로 숙명처럼 혈관을 타고 흐르던 술에 대한 열망에 다시금 불붙이게 되는 것이지요.

　그 내부의 불이 꺼진다면, 술에 대한 열정도 식어버릴 수밖에 없을 것입니다. 그러면 전쟁도 그치게 되겠지요. 전쟁이란 바로 국가가 술에 취한 상태라 할 수 있으니 말이지요. 그리고 적어도 가정에서의 전쟁은 사라질 것입니다. 남편과 아내는 평화로운 기쁨에 취하게 될 것입니다. 차분하고 온화한 애정을 통해 더없는 행복을 누리게 되는 것이지요. 그리고 두 사람은 손을 마주잡고 인생의 여정을 오랫동안 함께 걸어가다가, 그 긴 여정 끝에 미련 없이 편안히 죽음의 잠자리에 들게 되겠지요.

이들에게 과거는 혼란이나 광란의 꿈이 아니며, 미래란 술주 정뱅이의 헛소리로 점철된 것도 아닐 것입니다. 이들은 과거의 기억과 미래에 대한 희망을 안고, 입가에는 웃음을 머금은 채 편안한 얼굴로 숨을 거둘 것입니다.

에헴! 제가 아직은 연설에 좀 미숙한지라 여러분들이 듣기에는 좀 지루하시지는 않았는지 모르겠군요. 저는 지금까지 금주를 호소하는 연설가들의 노고에 대해서는 단 한번도 생각해 본 적이 없었답니다. 그저 으레 그게 그들의 일이려니 하고 생각했지요. 그런데 막상 연설이란 걸 해 보니 생각만큼 쉬운 일은 아니로 군요.

자, 그럼 친절하신 기독교인 분들, 제게 한두 번쯤 펌프질을 좀 해 주시지 않겠습니까? 오랫동안 이야기를 했더니 목이 칼칼해져서 목을 좀 축여야겠습니다. 정말 감사합니다, 나리! 그럼 제 이야기를 듣고 계신 청중 여러분. 저의 이 크나큰 도움으로 인해 세상이 다시 아름답고 깨끗해진다면 여러분은 쓸모없어진 포도주통과 술통들을 한데 모은 후 높게 쌓아서 이 몸, 바로 마을 펌프를 위해 커다란 모닥불을 피워 주시지 않으시렵니까?

그리고 제가 언젠가 제 전임자들처럼 낡고 닳아 제 기능을 못하게 된다면, 부디 저를 기리며, 제가 서 있는 바로 이 자리에 새로운 분수를 하나 세워 주십사 부탁드립니다. 멋진 조각이 잔뜩 새겨진 대리석 분수를 말이지요. 그런 기념비를 마을 여기저기에 세워 두고, 거기에다 금주 운동을 위해 싸우며 두각을 드러낸 투사들의 이름을 새기는 겁니다. 자, 그럼 이제부터 아주 중요한 이야기를 할 테니 부디 귀 기울여 주시기 바랍니다.

저에게는 두세 명의 정직한 친구들이 있습니다. 제가 아는 한, 정말 진실한 친구들이지요. 헌데 그 친구들이 워낙 거친 성격이라, 저에게 사사건건 시비를 걸며 제 주둥이를 내리쳐서 부수거나, 저를 포장도로에 패대기쳐서 제가 소중하게 지키고 있는 보물을 망가뜨리는 그런 끔찍한 위험에 저를 빠뜨리고 있습니다. 그러니 신사 여러분, 제발 부탁이니 이러한 잘못된 행동은 부디 바로잡아 주기를 부탁드립니다. 브랜디를 한 병 얻겠다고 덤비는 주정뱅이들처럼, 코가 삐뚤어지도록 술에 취한 채 절주를 외쳐 본들 꼴사나울 뿐이라고요. 제발 그런 식으로 마을 공동 펌프의 고결한 이상을 더럽히지 않았으면 합니다. 앞뒤 살피지 않고 다짜고짜 뜨거운 물에 뛰어들어 지독한 화상을 직접 겪어 봐야지만 차가운 물의 소중함과 효능을 알 수 있는 건 아니지 않습니까?

그러니 제발 저를 믿어 주셨으면 합니다. 인생에서 여러분이 경험할 모든 도덕적 전투에서, 필시 저보다 나은 본보기를 찾기는 힘들 것입니다. 온갖 먼지와 뜨거운 열기, 그리고 소란과 동요와 불안이 온통 제 주위를 둘러싸고 있지만, 저는 그런 것들을 제 영혼이라 할 수 있는 그 끝없이 깊고 고요하며 맑은 샘물 속으로 절대 끌어들이지 않습니다. 그리고 제 안의 깊은 영혼의 샘물을 끌어 올릴 때마다, 저는 이 땅의 열기를 식히고 그 더러움을 씻어내는 역할을 하는 것이지요.

한 시가 되었군요! 저녁 종소리가 울리기 시작하면, 어느 정도 편안히 쉴 수 있겠군요. 저기 제가 잘 아는 예쁜 아가씨가 커다란 물동이를 가득 채우러 오고 있군요. 먼 옛날 옛적 라헬(야곱의 둘째 아내로, 야곱은 그녀를 우물가에서 만났다 - 역주)이 그랬듯, 그녀 역시도 물을 끌어 올리며 미래의 남편의 시선도 함께 끌었으면 좋겠군요. 물동이를 꼭 쥐고서 가득 담으세요.

자, 그럼 조심해서 돌아가요. 가는 길에 물동이 안의 물속에 그 어여쁜 얼굴도 한번씩 비추어 보면서 말이죠. 그리고 잔에 나의 물을 가득 채운 후에, '마을 펌프의 성공'을 빌며 부디 축복을 빌어 주길 바랄게요!

Nathaniel Hawthorne
T w i c e - T o l d   T a l e s

Nathaniel Hawthorne

호손의 인생 수업

6교시

'진실'에 대하여

PETER GOLDTHWAITE'S
TREASURE

피터 골드스웨이트의 보물

●"그래서 피터, 자네는 그 사업을 고려해 볼 생각조차 없다 이 말인가?"

존 브라운 씨는 몸에 꼭 끼는 외투의 단추를 채우고, 손에 장갑을 끼며 말했다.

"폭삭 주저앉기 직전의 이 낡아빠진 집과, 이 집에 딸린 땅과 부지를 정녕 내가 제시한 가격에 팔기를 거부하겠다는 건가?"

"거부하다마다. 설령 자네가 제시한 값의 세 배를 부른대도 말일세."

닳아빠진 옷차림에 비쩍 마르고 백발이 성성한 피터 골드스웨이트가 대꾸했다.

"브라운, 자네가 벽돌 건물을 짓고 싶다면, 이곳은 현재의 주인인 내게 남겨 두고 다른 장소를 물색해 보는 게 좋을 걸세. 내년 여름쯤에 나는 이 낡은 집의 지하실 위로 근사한 새 저택을 하나 지을 예정이니 말일세."

"이런, 피터!"

브라운 씨가 부엌문을 열며 소리쳤다.

"차라리 허공에 성을 짓는 걸로 만족하는 게 어떤가. 공중은 지상보다 땅값도 싸거든. 벽돌이나 모르타르 값은 말할 것도 없고 말이지. 자네 상상 속의 구조물을 쌓고 싶다면 그거로도 충분할 걸세. 대신 우리 발밑에 있는 땅은 내게 팔게나. 그러면 우리 둘 모두에게 만족스럽지 않겠나. 자, 어떤가? 다시 한 번 자네 생각을 말해 보게."

"내가 조금 전에 이야기했던 것과 바뀌는 건 하나도 없네, 브라운."

피터 골드스웨이트가 대답했다.

"그리고 공중의 성에 대해서라면, 나는 상상 속의 성처럼 으리으리하지는 않겠지만 적어도 실체가 있는 건물을 짓겠어. 1층에는 포목점과 양복점, 그리고 은행을 갖출 테고, 2층에는 자네가 탐낼 법한 근사한 변호사 사무실을 열걸세."

"그런데 그 비용은 다 어디서 댈 건가, 피터?"

브라운 씨는 부루퉁한 태도로 자리에서 일어나며 말했다.

"정 필요하다면 내가 당장 '거품은행'에서 수표를 써 줄 수는 있는데 말이야."

존 브라운과 피터 골드스웨이트는 2, 30년 전 '골드스웨이트와 브라운'이라는 공동 회사로 업계에 알려진 인물들이었다. 하지만 설립자들 간에 마음에 맞지 않았던 탓에 둘 사이의 동업 관계는 빠르게 와해되었다. 두 사람이 갈라선 이후, 사업가의 자질을 갖추고 있던 존 브라운은 다른 성공한 사업가들처럼 끈기 있고 집요한 방법으로 마침내 성공을 거두며 부유한 사업가의 대열에 합류했다.

반면, 피터 골드스웨이트는 세상의 모든 동전과 지폐들을 금고에 모으기 위해 무수한 계획을 세웠으나, 결국에는 해진 양복의 팔꿈치를 기워 입어야 할 정도의 궁핍한 신사로 전락하고 말았다.

골드스웨이트와 그의 과거 동업자와의 차이는 한눈에 보아도 뚜렷했다. 존 브라운은 사업을 할 때 요행을 고려하지 않았음에도 불구하고 늘 행운이 뒤따른 반면, 피터는 늘 '요행'을 가장 큰 사업 조건으로 삼았으나 단 한 번도 행운이 뒤따른 적이 없었던 것이다.

과거에 그가 요행을 믿고 투자한 금액은 어마어마했지만, 최근 몇 년 동안 그는 당첨을 바라며 소소하게 복권이나 사 모으는 게 고작인 삶을 살고 있었다.

예전에 피터 골드스웨이트는 남쪽 지역으로 금광을 캐러 가는 탐험에 동참했지만, 다른 이들이 현지에서 차곡차곡 금을 모을 동안, 그는 기상천외한 방법으로 여느 때보다 더 큰 돈을 잃고 말았다. 또 그 이후에는 멕시코의 가증권(현금 대신 지급하는 증권 - 역주)을 사는데 천 달러에서 이천 달러가량의 유산을 소비했다. 그리고 이로 인해 그는 어느 지역의 소유주가 되었지만, 얼마 지나지 않아 피터는 자신이 실제 존재하는 땅이 아니라 허공에 존재하는 땅의 소유자가 되었다는 사실을 알게 되었다.

이 '가치 있는' 땅을 찾으러 갔다가 뼈아픈 진실을 알게 된 피터는 낡고 초라한 옷차림에 수척한 행색을 한 채 비척거리며 뉴잉글랜드로 돌아왔다. 그가 지나는 길에 옥수수 밭의 허수아비가 그에게 손짓했다.

"거참, 신기한 일이지. 바람 한 점 불지 않는데 허수아비가 내게 손짓을 하더란 말이지………."

피터는 이렇게 회상했다.

사실은 말이지, 피터. 그 허수아비들은 자신들의 형제를 알아보고 자네에게 인사를 한 거였다네.

우리의 이야기가 진행되는 동안, 그는 눈에 보이는 소득을 몽땅 합친다 해도 우리가 그를 발견한 그 낡은 저택의 세금조차 내지 못하는 형편에 놓여 있었다. 그 저택은 오래된 마을에서 드문드문 볼 수 있는 낡고 이끼로 덮인 뾰족한 지붕의 목조 주택이었다. 군데군데 벗겨져서 골조를 드러내고 있는 그 2층 건물은 주변의 새로운 건물들에 비해 낡아빠진 자신의 처지를 비관이라도 하는 것처럼 찌푸린 표정을 짓고 있는 듯했다.

이 오래된 저택은 피터와 마찬가지로 궁색한 모양새였지만, 그 마을의 중심가에 위치하고 있었기 때문에 피터에게 제법 큰 금액을 안겨줄 터였다. 하지만 우리의 '총명한' 피터는 경매로든, 합의매매로든 그 저택과 이별할 생각이 눈곱만치도 없었는데, 거기에는 나름의 몇 가지 이유가 있었다. 이곳은 그가 태어난 곳이었기에 그는 이 집이 자신과 떼려야 뗄 수 없는 인연이 있다고 생각했다. 그랬기에 종종 그가 파산 직전의 상황을 맞거나, 심지어 지금과 같은 상황에 처해 있을 때조차 그는 이 집을 채권자에게 넘기는 수순까지는 밟지 않았다. 그랬기에 그는 행운이 자신을 찾아오기를 기다리며 이곳에서 줄곧 불운을 끌어안고 살았다.

불쌍한 피터 골드스웨이트는 이곳 부엌(그곳은 11월 저녁의 스산함을 떨쳐낼 불길이 있는 유일한 장소였다)에서 한때 자신의 동업자였던 그 부유한 신사의 방문을 받은 참이었다. 두 사람의 대화 말미에, 피터는 그들이 '골드스웨이트와 브라운'으로 동업하던 시절만큼이나 오래되어 보이는 낡아빠진 자신의 옷을 흘깃 내려다보며 다소 굴욕적인 표정을 지었다. 그는 애처로울 정도로 빛바래고 팔꿈치마다 새로운 천을 덧댄 프록코트를 걸치고 있었으며, 프록코트 안쪽의 초라한 검정색 양복에 달린 실크 단추는 각자 다른 무늬의 것으로 대체되어 있었다. 그리고 잿빛의 긴 양말은 간신히 짝을 갖추기는 했지만, 이 역시 꾀죄죄하기는 매한가지였다. 특히 피터가 빈약한 난로 앞에 바싹 다가서서 불을 쬐곤 했기 때문에, 긴 양말의 정강이 부분은 갈색으로 그을어져 있었다.

피터의 신체 역시 그의 '훌륭한' 옷차림과 별반 다를 바가 없었다. 백발이 성성한 머리카락, 공허한 눈빛, 창백한 두 뺨과 비쩍 마른 몸을 한 피터는 실속 있는 삶을 챙기지도 못하고, 실제 음식으로 위장을 채우지도 못한 채, 뜬구름 같은 계획과 헛된 희망에 기대어 사는 전형적인 모습의 인간이었다.

하지만 이 정신 나간 피터 골드스웨이트가 자신의 상상력을 장사나 상업에서 기상천외한 손해를 내는 데 허비하지 않고, 시인 과 같은 공상적인 분야에서 그 재능을 마음껏 발휘했더라면 아마 도 그는 그 세계에서 꽤나 대단한 인물이 되었을지도 모를 일이었 다. 다시 말해, 피터 골드스웨이트는 천성적으로 나쁜 인물은 아 니었으며, 아이처럼 순수하고 타고난 신사처럼 정직하며 명예로 웠다. 이런 성향을 가진 이가 평탄치 못한 삶과 절망적인 환경에 처한다면 누구나 골드스웨이트처럼 되었으리라.

피터는 화덕의 울퉁불퉁한 벽돌에 기대어 서서 낡고 황량한 부엌을 둘러보다가, 지금까지 자신이 결코 포기하지 않고 간직해 오던 열광적인 환상을 떠올리며 두 눈을 반짝 빛냈다. 그는 손을 들어 올려 주먹을 꽉 쥔 채, 검게 그을린 난로 위의 벽면을 쾅쾅 때려댔다.

"때가 되었어!"

그가 말했다.

"이제 보물을 쓸 때가 온 거라고. 더 이상 가난뱅이로 사는 건 바보 같은 짓이야. 내일 아침에는 당장 다락부터 시작해야겠 어. 이 집을 산산조각 내는 한이 있더라도 절대 포기하지 않고 집안을 샅샅이 뒤지고 또 뒤질 거라고."

난롯가 깊숙한 곳에는 자그마한 덩치의 늙수그레한 여인이 흡사 어두운 동굴 속에 틀어박힌 마녀와 같은 모습으로 앉아 있었다. 그녀는 골드스웨이트가 발가락 동상에 걸리지 않도록 두 쌍의 긴 양말 중 하나를 꿰매느라 여념이 없었다. 양말의 밑창 부분은 이미 누더기가 되어 버렸기 때문에 그녀는 못 쓰는 플란넬 페티코트를 잘라 양말에 새로운 밑창을 대고 있는 참이었다.

이 늙은 여인은 예순이 훌쩍 넘은 하녀로, 이름은 태비사 포터였다. 피터의 할아버지가 구빈원에서 그녀를 데리고 온 이래, 오십 오 년 동안 난롯가 구석 자리는 그녀의 지정석이나 마찬가지였다. 그녀에게는 피터 외에 친구가 단 한 사람도 없었고, 피터 역시 태비사가 유일한 친구이기는 매한가지였다.

피터의 은신처는 그의 상상 속에서만 존재했기 때문에, 태비사는 만약의 사태에 집을 잃으면 어디로 가야 할지 잘 알고 있었다. 그녀는 주인의 손을 잡고 자신의 고향집, 즉 구빈원으로 그를 데려갈 생각이었다. 필요하다면 그녀는 피터에게 자신의 마지막 식사를 양보하고, 자신의 페티코트 아래에 입은 옷이라도 벗어서 그의 옷을 만들어 입힐 수 있을 만큼 그를 사랑했다.

하지만 태비사에게는 다소 특이한 면이 있어서, 피터의 허황

되고 무책임한 태도에 전혀 영향을 받지 않으면서도, 한편으로는 그의 별나고 어리석은 행동을 당연한 일처럼 받아들였다. 그래서 이 집을 산산조각 내버릴 거라는 피터의 위협적인 중얼거림을 듣고도 그녀는 조용히 자신의 할 일을 할 뿐이었다.

"부엌은 마지막까지 남겨 두는 게 좋겠어요, 피터 씨."

태비사가 말했다.

"이 집은 빨리 부숴버리는 게 훨씬 나아."

피터 골드스웨이트가 말했다.

"춥고 어두운데다, 바람이 들고 연기는 자욱하지, 게다가 여기저기 삐걱대고 이상한 소리가 들리는 이 낡고 우울한 집에서 더 이상 살다간 미쳐 버릴 것만 같다고. 우리가 화려한 벽돌 저택에서 살면 분명 다시 젊어진 느낌이 들 것 같아. 아마도 내년 가을쯤이면 가능할 것 같은데. 태비, 당신에게는 세련되고 근사한 가구가 있는 햇살이 잘 드는 방을 하나 주리다. 틀림없이 당신 마음에 쏙 들 거요."

"그 방이 이 부엌 정도만 되어도 충분히 마음에 들 거예요."

태비사가 대답했다.

"이 난롯가 구석 자리만큼 연기로 시커멓게 그을려 있지 않다면 도무지 내 집 같은 느낌이 안 들 테니 말이죠. 그리고 그런 집을 지으려면 백 년은 더 걸릴 텐데요. 그 집을 마련할 돈은 어떻게 구하실 건가요, 피터 씨?"

"그거야 다 방법이 있지."

피터가 거들먹거리는 목소리로 말했다.

"칠십 년 전에 돌아가신 나와 이름이 같은 피터 골드스웨이트라는 할아버지의 형제분이 그런 집 스무 채는 거뜬히 지을 수 있을 만큼 엄청난 보물을 남기셨거든."

"아무렴 그러셨겠죠, 피터 씨."

태비사는 바느질을 하며 대꾸했다.

태비사는 피터의 말마따나 이 낡은 집의 천정, 벽, 마루 아래, 혹은 숨겨진 벽장이나 외딴 은신처 어딘가에 막대한 보물이 숨겨져 있다는 이야기에 대해 이미 잘 알고 있었다. 전해 내려오는 이야기에 따르면, 그 보물은 우리의 이야기에 나오는 피터와 놀라우리만큼 성격이 닮은 선대의 피터 골드스웨이트가 모은 재산이라 했다.

우리의 피터와 마찬가지로, 선대의 피터 역시 금을 한 닢 한 닢 조금씩 얻기보다는 수레에 실어 나를 정도로 대량의 금을 축적하겠다는 원대한 계획을 세웠다. 그리고 후대의 피터와 마찬가지로 선대의 피티의 계획 역시 대개는 여지없이 실패하고 말았다.

마지막에 단 한 번 엄청난 성공을 거두지 못했더라면 그 역시 제대로 된 코트와 바지 한 벌 갖춰 입지 못한 채, 백발이 성성하고 수척한 몸으로 생을 마감했을 터였다.

그의 재산에 대해서는 다양한 억측이 나돌았는데, 첫 번째는 그가 연금술로 금을 만들었다는 것이고, 두 번째는 그가 흑마술을 통해 다른 사람의 주머니를 털어서 금을 모았다는 소문이었다. 세 번째 소문은 더욱더 믿을 수 없는 이야기였는데, 악마가 그에게 그 지방의 오래된 금고에 자유롭게 드나들 수 있는 권한을 주었다는 것이다.

어쨌든 확실한 것은, 어떤 비밀스러운 방해요소 때문에 그는 자신의 부를 마음껏 누리지 못했으며, 자신의 후계자에게도 그 재물을 숨겨야만 했다는 것이다. 결국 그는 보물을 숨긴 장소를 누구에게도 알리지 않은 채 숨을 거두고 말았다. 피터의 아버지는 이 이야기를 철석같이 믿고 지하실의 땅을 온통 파헤친 적도 있었다. 그리고 피터 역시 전해져 오는 이야기가 명백한 사실이라고 믿었기에, 자신이 처한 온갖 고난과 어려움 속에서도 이 이야기를 한 가닥 위안으로 삼으며 살았다.

그는 자신이 가진 모든 재산이 사라지면, 이 집을 산산조각내어서라도 그 보물을 찾아 재산을 모을 작정이었다. 하지만 피터가 그 황금빛 이야기에 대해 추호의 의심조차 하지 않았다면 어째서 이 집을 그토록 오랫동안 멀쩡히 내버려 두었던 걸까? 사실 피터는 자신의 금고 안에 그 보물을 보관할 공간이 충분치 않을 때까지는 – 다시 말해 자신의 자산이 완전히 바닥나기 전까지는 그 집을 산산조각 낼 생각이 없었다.

하지만 지금이야말로 위기 상황이 아닌가. 만일 그가 보물을 찾는 것을 미룬다면, 그 집은 막대한 금이 숨겨진 상태로 혈통이 아닌 낯선 자의 손에 넘어갈 터였다. 그리고 미래의 누군가가 이 오래된 집의 벽을 무너뜨려 그 보물이 드러나기 전까지 보물은 계속 이 집 어딘가에 묻혀 있으리라.

"좋아!"

피터 골드스웨이트가 다시 소리쳤다.

"내일 바로 시작해야겠어."

피터는 이 문제에 관해 깊이 생각해 보았고, 생각하면 생각할수록 점점 더 성공이 보이는 듯했다. 비록 가진 것 하나 없는 초로의 나이에도 불구하고, 그의 영혼은 젊은이에 비길 수 있을 만큼 밝고 유쾌했다. 성공적인 미래를 꿈꾸며 기분이 잔뜩 고조된 피터 골드스웨이트는 장난꾸러기 꼬마 도깨비마냥 신이 나서, 비쩍 말라비틀어진 몸을 흔들어 대며 괴상한 모습으로 부엌 안을 깡

충대며 뛰어다니기 시작했다. 그리고 흥분에 못 이겨 대뜸 태비사의 두 손을 잡고 방 안을 가로지르며 춤을 추었다. 하지만 류머티즘 때문에 태비사의 움직임이 너무나 우스꽝스러웠기에, 피터는 방과 부엌이 쩌렁쩌렁 울릴 정도로 커다란 웃음을 터뜨렸다. 그의 웃음소리는 마치 피터가 세상 모든 사람을 비웃기라도 하는 듯, 집안 여기저기서 메아리처럼 울려 퍼졌다.

마침내 피터는 껑충 뛰어올라 부엌 위쪽으로 자욱하게 긴 연기 속으로 거의 모습을 감추었다가, 안전하게 바닥에 착지하고는 비틀거리며 다시금 중력에 적응하려고 애썼다.

"내일 해가 뜨면……."

그는 침실로 가기 위해 램프를 집어 들며 말했다.

"그 보물이 다락의 벽 속에 숨겨져 있는지 확인해 봐야겠어."

"마침 불을 땔 나무가 다 떨어졌어요, 피터 씨."

태비사는 늦은 밤에 갑작스레 피터의 손에 이끌려 춤을 춘 탓에 여전히 숨을 헐떡이며 말했다.

"피터 씨가 집을 부수면 곧장 그 부스러기들로 불을 때야겠어요."

그날 밤, 피터 골드스웨이트는 멋진 꿈을 꾸었다. 꿈속에서 그는 돌로 만들어진 무덤의 철제문에 걸려 있는 육중한 열쇠를 돌리고 있었다. 그가 문을 열자, 그 지하 납골당 안에는 곡물 창고에 황금빛 옥수수가 가득 쌓여 있듯, 금화가 산더미처럼 높이 쌓여 있었다. 거기에는 무늬가 새겨진 술잔과 튜린(뚜껑이 달린 움푹한 그릇 - 역주), 금속 그릇, 만찬용 쟁반, 금과 은으로 치장된 접시 덮개들도 있었다. 뿐만 아니라, 헤아릴 수 없이 많은 목걸이와 온갖 보석들이 가득했다. 이들은 지하 납골당의 습기로 다소 변색되긴 했지만, 그 양은 어마어마했다. 땅에 묻혔든, 혹은 바다 속에 가라앉았든 간에 인간이 잃어버린 모든 부를, 피터 골드스웨이트는 이곳 보물 장소에서 찾아낸 것이다.

피터가 변함없이 가난한 모습으로 자신의 낡은 집에 돌아왔을 때, 비쩍 마르고 머리가 하얗게 센 남자가 문 앞에서 피터를 맞이했다. 그 남자는 피터 자신과 매우 닮은 모습이었지만, 옷차림은 훨씬 더 구식이었다. 하지만 그 집은 이전의 모습은 온데간데 없고, 모든 것이 황금으로 장식된 궁궐과도 같았다. 마루와 벽과 천정은 은빛으로 번쩍였고, 문, 창틀, 벽장식, 난간, 그리고 계단은 순금으로 되어 있었다. 또 의자의 좌석 부분이 금빛으로 번쩍이는가 하면, 황금빛 서랍장은 은빛 다리를 뽐내며 세워져 있었다. 또 은으로 된 침대 위에는 황금색 실이 수놓아진 이불과 은빛의 시트가 덮여 있었다.

그 집은 분명 단 한 번의 마법의 손길로 모습이 변해 버린 것이 틀림없었다. 왜냐하면 가구들이나 집의 모양은 분명히 피터 골드스웨이트가 기억하는 그대로인 반면, 모든 것이 나무 대신 금과 은으로 되어 있었고, 황금빛 기둥에는 소년이 어렸을 때 나무로 된 문설주에 깊이 새겨 놓은 자신의 머리글자가 여전히 새겨져 있었기 때문이다.

그것이 눈의 착각이 아니었더라면 얼마나 행복했을까! 하지만 그가 뒤쪽을 흘깃거릴 때마다 금과 은으로 번쩍이며 장엄함을 자랑하던 그 집은 점점 어두워지더니 이윽고 원래의 칙칙하고 지저분한 빛으로 변해 버렸다.

다음날 아침 일찍 일어난 피터는 간밤에 침대 옆에 놓아두었던 도끼와 망치, 그리고 톱을 움켜쥐고 서둘러 다락으로 향했다. 다락 안은 불투명한 둥근 창문을 통해 비쳐든 한 줄기 햇살이 만들어 내는 순백의 조각들이 희끄무레한 빛을 내고 있을 뿐 여전히 어둑했다. 그 다락 안에는 어느 도덕주의자가 사색적이고도 난해한 지혜를 얻을 수 있을 만한 주제들이 가득했다.

다락은 죽은 자들이 쓰던 물건들이 머무는 림보(지옥과 천국 사이에 있으며, 기독교를 믿을 기회를 얻지 못했던 착한 사람 또는 세례를 받지 못한 어린아이 등의 영혼이 머무는 곳 – 역주)와도 같았다. 이곳에 있는 오래된 소품들과 당시 세대의 사람들에게만 가치가 있었을 이 물건들은 아마도 이 세대의 사람들이 죽어서 무덤에 들어간 이후 다락으로 옮겨진 것들일 터였다. 이들은 보관을 위해 이곳에 옮겨진 것이라기보다는 그저 치워진 것들이리라.

피터는 누렇게 변색되고 곰팡내 나는 회계 장부들이 잔뜩 쌓여 있는 것을 보았다. 양피지로 겉면을 싼 그 장부 안에는 채권자들이 기입한 채무자들의 이름들이 적혀 있었다. 채권자와 채무자들 모두 이미 오래전에 죽어서 땅에 묻혔고, 그들의 이름을 적은 잉크는 이제 너무나 희미해져서, 차라리 이끼가 낀 그들의 묘석에 적힌 이름이 훨씬 더 알아보기 쉬울 터였다.

그는 또 좀먹은 낡은 옷들도 발견했다. 옷들은 모두 낡고 헤질 대로 헤져서 넝마나 마찬가지였는데, 그렇지만 않았더라면 피터는 그 옷을 입었을 것이다. 또 칼집 없는 녹슨 칼도 있었다. 그건 군대에서 쓰는 검이라기보다는 신사들이 쓰는 작고 가느다란 프랑스식 결투용 칼 같았다. 그리고 그 칼은 칼집을 잃은 후, 단 한 번도 칼집에 꽂힌 적이 없어 보였다.

그곳에는 스무 개 남짓한 여러 종류의 지팡이들이 있었지만,

손잡이 부분이 금으로 되어 있는 것은 단 하나도 없었다. 또 온갖 무늬와 재료로 된 구두의 조임쇠들도 많이 있지만, 그중 은이나 값 나갈듯한 보석이 달린 것은 없었다.

하이힐과 발끝이 뾰족한 신발들로 가득 차 있는 커다란 상자도 있었다. 또 선반 위에는 약제사의 약들로 반쯤 채워진 약병들이 즐비했다. 아마도 약병의 비워진 반은 피터의 조상이 복용했을 테고, 그가 죽은 후에는 그 임종실의 약병들을 이곳 다락에 가져다 놓았으리라.

결코 경매에는 나가지 못할 잡동사니 같은 이곳의 물건 목록 중에는 부서진 전신 거울도 있었다. 그 거울 면은 먼지로 흐릿해져 있는 탓에, 그 거울에 비치는 낡은 물건들을 실제보다 한층 더 오래된 것처럼 보이게 했다.

그곳에 거울이 있다는 것을 몰랐던 피터는 거울에 비쳐진 흐릿한 자신의 모습을 본 순간, 선대의 피터 골드스웨이트가 자신이 숨겨진 보물을 찾는 것을 돕거나 혹은 방해하기 위해 이곳으로 돌아온 건 아닐까 하고 상상했다.

그리고 이 낯설고도 이상한 생각과 함께, 문득 그는 자신이 금을 숨긴 피터와 동일한 인물일지도 모른다는 생각을 설핏 떠올렸다. 그렇다면 자신은 금을 숨긴 장소를 알고 있어야 마땅했지만, 알 수 없는 이유로 그 장소를 잊어버린 건 아닐까.

"저기, 피터 씨!"

태비사가 다락방의 계단참에 서서 소리쳤다.

"집을 부수는 일은 어떻게 되어 가나요? 찻주전자를 끓일 정도의 땔감은 나왔나요?"

"아직은 아니라오, 태비."

피터가 대답했다.

"하지만 곧 끝날 거요. 조금만 기다려 보라고."

그는 말을 내뱉기가 무섭게 도끼를 들어 올리고는 먼지가 날 정도로 거칠게 판자들을 내리쳤다. 덕분에 태비사의 앞치마 안은 금세 나무 조각들로 가득 채워졌다.

"이번 겨울엔 땔감 값이 별로 안 들겠어요."

태비사가 말했다.

그리하여 집을 부수는 그 근사한 작업이 본격적으로 시작되었다. 피터는 아침부터 밤까지 쿵쾅대며 눈앞에 있는 이음매와 목재를 닥치는 대로 내리치고 자르고, 대못을 비집어 빼고, 판자를 산산조각냈다. 하지만 집안에서 일어나는 일을 이웃에게 의심받지 않기 위해, 집을 둘러싸고 있는 가장 바깥쪽 자재만은 남겨 두었다.

이것은 이제껏 그가 해왔던 온갖 기이한 행동 중에서도 피터에게 단연 가장 큰 만족을 가져다주었다(물론 다른 기행들을 저지를 때도, 그 행위를 하는 동안에는 충분히 들뜨고 행복하긴 했지만 말이다). 결국, 피터에게는 기행을 저지르면서 얻는 행복감이 기행의 결과로 인한 외적인 불행에 대한 보상인 셈이었는지도 몰랐다.

설령 그가 가난에 처하고, 헐벗고, 심지어 굶주리고, 비바람에 시달린다 해도, 다시 말해, 거의 파멸 직전의 위기에 처한다 할지라도 그런 비참한 상황에 시달리는 것은 그의 육신일 뿐, 그의 정신은 한껏 고양되어 밝은 미래를 꿈꾸며 즐거움에 잠기곤 했다.

변치 않는 젊음은 그의 천성이었고, 그것은 삶에 대한 그의 마음가짐 때문이었다. 하얗게 센 머리카락, 주름, 혹은 육체의 허약함은 그에게 중요한 것이 아니었다. 비록 그는 늙어 보였고, 비쩍 마른 몸과 낡은 옷차림 때문에 한층 더 처량한 모습이기는 했지만, 사실 피터의 진정하고 본질적인 모습은 세상에 막 발을 들여 놓은, 희망찬 젊은이와도 같았다.

그의 다 타버린 젊음은 오래된 불씨와 잿더미 속에서 다시금 새로운 불꽃을 피워내어, 이제 활활 타오르고 있었다. 지금껏 이토록 오랫동안(그렇게 오래된 건 아니고 딱 적당한 나이가 아닌가!)

따뜻하고 섬세한 꿈을 안고 독신으로 살아 온 그는, 숨겨진 보물을 찾는 즉시 마을에서 가장 아름다운 처녀 중 한 명에게 구애해서 사랑을 얻어야겠다고 생각했다. 과연 어느 처녀가 그의 마음을 마다할 수 있단 말인가! 피터 골드스웨이트는 이런 생각을 하며 행복에 잠겼다.

매일 저녁 피터와 태비사는 부엌의 화덕 옆에 앉아서 친목을 나누었다(피터는 보험 사무소, 뉴스실, 서점 등, 그가 이전에 어슬렁거리곤 하던 곳에서 오랫동안 모습을 드러내지 않았고, 그의 회사는 이제 명예랄 것도 없어서 개인적 모임에서 불러주는 이도 없었기 때문이다). 화덕 옆에는 그의 하루치 노동을 통해 나온 잡동사니들이 늘 수북이 쌓여 있었다. 불을 피우는 기본 재료로는 늘 적당한 크기의 장작이나 적참나무가 쓰였다. 백 년이 넘는 시간 동안 비와 습기로부터 보호되었던 이 나무들은 마치 일주일 전이나 이주일 내에 베어진 나무처럼 양 끝에서 열기와 습기를 쉭쉭 뿜어대며 활활 타올랐다.

화덕 옆에는 길고 튼튼한 검고 기다란 나뭇가지들도 있었다. 이들은 부패의 법칙 따위는 모르는 것처럼, 불 이외의 것으로는 결코 소멸시킬 수 없을 것처럼 굳건해 보였다. 이 나뭇가지들은 달아오른 칠제 막대처럼 불 속에서 새빨간 빛을 내며 맹렬히 타올랐다.

　태비사가 불을 때기 위해 쌓아놓은 나뭇가지와 장작들 위로는, 방문의 파편들과 장식된 문틀의 부스러기들처럼 불에 빨리 타는 것들이 놓여졌다. 이런 자투리 나무 조각들은 지푸라기처럼 타오르며 밝은 불꽃을 뿜어냈고, 그 불꽃은 높다랗고 넓은 연통을 타고 높이 치솟아 굴뚝 꼭대기에 시커먼 그을음을 남기곤 했다.

　그러는 사이에 그 낡은 부엌 구석에 가득한 거미줄과 머리 위 음침한 대들보에 자리 잡고 있던 어두움은 어딘가로 쫓겨났다. 이제 그곳에서 피터는 만면에 기분 좋은 웃음을 띠우고 있었고, 태비사는 그림 속의 인물처럼 평온해 보였다. 물론 이 모든 것은 이 집의 부서진 잔해가 그 집의 거주자들에게 비추어준 행운의 상징에 불과했다.

　마른 소나무가 요정이 총을 쏘듯 불규칙하게 타닥 소리를 내며 타오르는 동안, 피터는 유쾌한 흥분 상태에 빠진 채 자리에 앉아서 타오르는 불길과 그 기분 좋은 소리를 음미하고 있었다. 광휘를 내며 요란하게 타닥거리던 불꽃은 어느새 짙은 붉은 빛으로 달아오르며 풍부한 열기와 함께 낮고 안정적인 소리를 내며 타오르기 시작했다. 그날 저녁 내내 타오를 그 불빛을 보며 피터는 점점 더 말이 많아졌다. 어느 날 밤, 그는 태비사에게 자신의 증조 아저씨에 대한 이야기를 들려 달라고 졸라댔다(이렇게 조른 것은 아마도 백 번째쯤 되었을 터였다).

"당신은 오십 오 년 동안이나 그 난롯가에 앉아 있지 않았소, 태비. 그러니 우리 증조 아저씨에 대한 이야기를 틀림없이 많이 들어 봤을 거요."

피터가 말했다.

"당신이 처음 이 집에 왔을 때, 당신이 지금 앉아 있던 그 자리에 바로 그 유명한 피터 골드스웨이트의 가정부였던 늙은 여자가 앉아 있었다고 말하지 않았소?"

"그랬지요, 피터 씨."

태비사가 대답했다.

"그 여자는 나이가 백 살쯤 되었더랬지요. 그 여자가 말하길 자기와 피터 골드스웨이트 씨는 부엌의 난롯가에 나란히 앉아서 종종 오순도순 이야기를 나누곤 했다더군요. 지금의 우리처럼 말이지요, 피터 씨."

"그분과 내가 닮은 게 어디 그것뿐이겠소."

피터가 만족스럽게 말했다.

"그렇지 않다면 그분은 그렇게 부자가 될 수 없었을 거요. 하지만 그런 식으로 돈을 숨겨 놓는 대신 투자를 했으면 좋았을 텐데. 이자 따윈 안중에도 없이 오로지 안전하게 돈을 숨길 생각만 하다니! 그리고 그걸 찾으려면 집을 산산조각 내야 한다니! 어째서 그분은 보물을 그렇게 꽁꽁 숨겨 놓은 걸까, 태비?"

"그분이 그 돈을 쓸 수 없었으니까요."

태비사가 입을 열었다.

"그분이 보물이 든 궤짝을 열려고 할 때마다 악마가 등 뒤로 다가와서 그의 팔을 붙들었대요. 사람들이 말하길, 결국 피터는 그 보물을 사용하지 못하고 자기가 가진 돈을 써야 했대요. 그리고 악마는 피터에게 이 집과 땅의 증서를 달라고 했고, 피터는 죽어도 못 주겠다고 했죠."

"내가 동업자인 존 브라운에게 했던 그대로구먼."

피터가 말했다.

"하지만 그건 모두 허튼 소리라고, 태비. 난 그 이야기를 못 믿겠어."

"진실은 그렇지 않을 수도 있죠."

태비사가 말했다.

"피터가 그 악마에게 실제로 그 집을 넘겼다고 말하는 이들도 있어요. 그래서 그 집에 사는 사람들은 늘 불행해졌다는 거죠. 그리고 피터가 악마에게 증서를 넘기자마자 그 궤짝이 갑자기 쾅

하고 열렸고, 피터는 거기서 금을 한 움큼 집어 들었대요. 그런데 세상에! 그의 손에 남은 건 낡은 넝마 한 뭉치가 다였다는 거예요."

"닥치지 못하겠어, 이 멍청한 노인네 같으니!"

피터는 격노하여 소리쳤다.

"그건 영국 왕의 초상이 새겨진 황금기니만큼 귀한 금화들이었다고! 마치 내가 그 상황을 직접 겪은 것처럼 모든 게 생생하게 떠오른다고. 그리고 내가……, 아니면 선대의 피터든 간에 어쨌든 우리 둘 중 하나는 내 손을……, 아니면 그의 손을 궤짝 안에 집어넣었고, 번쩍이는 금을 가득 쥔 채 그곳에서 손을 꺼냈단 말이야! 그런데 낡은 넝마라니!"

하지만 그 늙은 여인의 이야기를 들은 후에도 골드스웨이트는 실망하지 않았다. 밤새도록 그는 유쾌한 꿈을 꾸었으며, 아침에는 보통 사람들이라면 소년기 이후에는 느끼기 힘들 법한 기쁨과 흥분으로 충만한 심장 박동을 느끼며 잠에서 깨어났다. 매일 그는 식사 시간 외에는 단 한 순간도 낭비하는 일 없이 쉬지 않고 일을 했고, 태비사는 그에게 돼지고기와 양배추, 혹은 그녀가 싼값에 사 오거나, 얻어 온 음식들을 피터에게 가져다주었다.

진정 신실한 인물인 피터는 단 한 번도 감사 기도를 빼먹지 않았고(차려진 음식이 조촐하면 조촐할수록 더 열성적으로 기도했다), 비록 저녁 식사가 궁색하다 할지라도 복통 없이 만찬을 즐길 수 있는 식욕이 있음에 감사 기도를 올렸다.

그렇게 식사를 마치고 나면 그는 재빨리 다시 일을 시작했고, 순식간에 낡은 벽에서 피어오르는 자욱한 먼지 속으로 모습을 감추곤 했다. 비록 그의 모습은 보이지 않았지만, 안에서 쿵쾅쿵쾅 요란하게 울려대는 소리로 그가 하는 일을 충분히 짐작할 수 있었다.

이 얼마나 열정적인 헌신인지! 그저 모호한 회상 같기도 하고, 어떤 예감 같기도 한 마음 속의 환영들 이외에는 그 무엇도 피터의 마음을 어지럽힐 수 없었다. 피터는 종종 공중에 도끼를 치켜들고 내리치려는 자세 그대로 잠시 멈춰서, "피터 골드스웨이트, 자네는 전에 이곳을 내려 친 적이 없었나?" 혹은 "피터, 굳이 이 집 전체를 산산조각 내야겠나? 조금만 더 생각해 보라고. 자네는 금이 숨겨진 장소를 기억할 수 있을 거야"라고 중얼거리곤 했다.

그렇게 몇 날이 가고 몇 주가 흘렀지만, 발견의 성과는 없었다. 이따금씩 비쩍 마른 회색 쥐가 자신과 마찬가지로 비쩍 마른 백발의 남자를 쳐다보며, 도대체 저놈은 어떤 악마이기에 이제껏 평화롭기만 했던 이 낡은 집을 못살게 구는 건지 궁금해 하는 눈빛으로 기웃거리곤 했을 뿐이었다. 가끔씩 피터는 너무도 작고 연약한 어린 새끼들을 대여섯 마리 품고 있는 어미 생쥐를 보며, 하필 이 시기에 세상에 태어나 폐허 속에 짓밟히는 그들의 모습에 연민을 품곤 했다. 하지만 여전히 보물을 발견하지는 못했다.

최상층의 작업을 모두 끝내고 2층으로 내려올 때쯤 되자, 한층 더 단호해지고 부지런해진 피터는 2층의 가장 앞쪽에 있는 방을 작업하느라 분주히 움직였다. 그 방은 한때 중요한 손님을 맞이하던 침실로, 두들리 주지사를 비롯하여 다른 저명한 손님들의 침실로 쓰이던 영광을 누렸던 곳이었다.

그 방의 가구는 이미 아무것도 남아 있지 않았고, 벽지는 빛바래고 너덜너덜해진 채였다. 하지만 아무것도 없는 벽의 넓은 공간에는 목탄으로 그린 스케치가 남아 있었다. 대부분은 사람들의 옆모습을 그린 것이었는데, 이 그림들은 피터가 젊은 시절에 발휘했던 재능의 흔적이었다. 피터는 미켈란젤로가 성당에 그린 자신의 벽화를 지워버리고 싶어 했던 것처럼(미켈란젤로는 시스티나 천장화를 그리던 시절, 조각가인 자신이 억지로 회화를 그려야 한다는 점에서 박탈감을 느꼈고, 제때 돈을 받지도 못한 채 천장화 작업을 하느라 그 일을 매우 싫어했다고 전해진다 ─ 역주) 그 그림들을 당장에라도 없애 버리고 싶었다.

하지만 그중 가장 잘 그려진 스케치 하나는 제법 피터의 마음에 들었다. 그것은 남루한 옷차림의 한 남자가 삽에 몸을 기대고는, 땅 속에 난 구멍 위로 비쩍 마른 몸을 구부리고 있는 그림이었다. 그는 자신이 발견한 뭔가를 움켜쥐기 위해 한쪽 손을 쭉 뻗고 있었다. 하지만 그 남자의 바로 뒤에는 덥수룩한 꼬리와 갈라진 발굽에, 머리에는 뿔이 난 형체 하나가 서서 그 남자의 모습을 보며 악마처럼 잔인한 웃음을 짓고 있었다.

"물러가라, 악마야!"

피터가 소리쳤다.

"그는 반드시 금을 갖게 될 거라고!"

피터는 도끼를 높이 들어 올리고는 뿔이 달린 남자의 머리 부분을 세게 쳐서 그를 부수었을 뿐만 아니라, 보물을 찾고 있던 남자까지도 몽땅 없애 버렸다. 결국 그 장면은 마법처럼 사라져 버렸다. 게다가 그가 도끼로 회반죽과 윗가지(지붕이나 벽에 회반죽을 바르기 위해 엮어 넣는 가느다란 나무 막대기 - 역주)까지 몽땅 부수고 나자, 그 자리에는 뻥 뚫린 구멍 하나가 나왔다.

"어마, 세상에, 피터 씨! 악마와 싸우고 계셨나요?"

저녁 식사를 하는 데 쓸 땔감을 구하러 온 태비사가 말했다.

피터는 태비사의 말에 대답하지 않은 채, 묵묵히 벽의 더 깊은 공간을 부수었고, 가슴 높이 정도에 있는 벽난로 옆의 작은 벽장과 찬장을 도끼로 찍어 열었다. 내부에는 푸르스름한 녹으로 뒤덮인 황동 램프와 먼지가 수북한 양피지 문서뿐이었다. 피터가 그 양피지 문서를 찬찬히 살펴보는 동안, 태비사는 램프를 손에 들고 앞치마로 녹을 문질러 닦기 시작했다.

"닦아 봐야 소용없소, 태비사."

피터가 말했다.

"그건 알라딘의 램프가 아니라오. 물론 내게 행운을 가져다줄 징표라는 생각이 들긴 하지만 말이지. 이것 보라고, 태비!"

태비사는 철로 된 테를 두른 안경이 얹혀 있는 코끝을 양피지 쪽으로 바짝 가져다 대었다. 하지만 그 양피지를 들여다보며 잠시 생각하더니, 이내 양손을 옆구리에 대고 깔깔깔 웃음을 터뜨렸다.

"지금 이 늙은이를 놀리시는 건가요?"

태비사가 소리쳤다

"이건 피터 씨 본인의 필체잖아요. 피터 씨가 예전에 멕시코에서 제게 보낸 편지의 글씨체와 똑같단 말이죠."

"확실히 필체가 꽤 비슷하긴 하지."

피터는 양피지를 다시 한 번 꼼꼼하게 살피며 말했다.

"하지만 태비. 이 벽장은 당신이 이 집에 오기도 전에, 아니면 내가 태어나기도 전에 회반죽을 바른 게 틀림없어. 그러니 이건 분명히 선대의 피터 골드스웨이트의 필체라고. 여기 칸마다 적혀 있는 파운드와 실링, 펜스는 보물의 총액을 표시해 놓은 걸 거야. 그리고 아랫부분에 있는 이건 보물을 숨긴 장소를 나타내는 게 틀림없다고. 하지만 잉크가 희미해지고 지워져서 도무지 알아볼 수가 없군. 이렇게 안타까울 수가!"

"하지만 이 램프는 새것 같아요. 그걸 위안으로 삼자고요."

태비사가 말했다.

"램프!"

피터가 생각했다.

"그 램프가 내게 보물을 찾는 길을 알려 줄 거야."

지금의 피터는 집을 부수는 일을 다시 시작하는 것보다, 방금 발견한 것들에 대해 깊이 골몰하는 데에 더 관심이 있어 보였다. 태비사가 계단을 내려간 후, 피터는 그 양피지를 창가에 세워 두고 그 앞에 서서 생각에 잠겼다. 먼지로 흐릿해진 창문은 햇볕이 거의 들지 않았고, 여닫이창의 그림자만이 바닥에 어렴풋이 드리워져 있었다. 별안간 피터는 창문을 열어젖히고 창밖으로 몸을 내밀어 마을의 큰길을 바라보았다. 햇살은 그의 낡은 집을 비추고 있었다. 바깥 공기는 온화하고 따스했지만, 피터는 위에서 거세게 흘러내리는 물줄기를 맞고 몸을 부르르 떨었다.

그날은 1월의 첫 번째 해빙일이었다. 지붕 위에 높이 쌓여 있던 눈이 빠르게 녹아내리며 헤아릴 수 없이 많은 물방울들로 변해, 쉬지 않고 뚝뚝 떨어져 내렸다. 햇살을 머금어 반짝거리는 물방울들은 여름철 소낙비처럼 요란한 소리를 내며 처마 아래로 떨어졌다. 거리에 차곡차곡 쌓여서 단단하게 굳어진 눈은 마치 새하얀 대리석으로 포장된 도로처럼 반들거렸다.

도로는 봄날 같은 따뜻한 날씨에도 불구하고 아직 녹아서 축축해지지는 않은 상태였다. 하지만 피터가 창밖으로 머리를 쭉 내밀고 밖을 바라보자, 지난 이삼주 동안 꽁꽁 얼어붙었던 추운 겨울 날씨 이후에 찾아온 이 따뜻한 날씨를 맞아 벌써부터 몸이 풀린 듯 바깥에서 활동하고 있는 주민들의 모습이 보였다.

피터는 발갛게 뺨을 붉힌 채 미끌미끌한 보도 위를 미끄러지듯 걸어가는 숙녀들을 보며 경탄에 가까운 한숨을 쉬며 즐거워했다. 퀼트로 된 후드에 목도리를 두르고, 담비의 털로 만든 케이프를 걸친 여인들의 모습은 마치 새로운 종류의 잎사귀 사이에 핀 장미꽃 같았다.

썰매의 종소리는 쉬지 않고 들려 왔다. 그것은 버몬트에서 얼린 돼지고기와 양, 혹은 사슴 한두 마리를 실어 나르는 썰매 소리이거나 혹은 앞마당에서 기른 닭과 거위, 그리고 칠면조를 실은 상점 주인의 도착을 알리는 썰매 소리였다. 아니면 나들이도 하고 물건도 사고, 달걀과 버터도 팔 겸 마을로 나온 농부와 아낙의 썰매 소리이기도 했다. 이들 부부는 스무 번의 겨울과 스무 번의 여름을 지낼 동안 내내 문 밖에 세워 두고 사용했을 법한 정사각형의 구식 썰매를 타고 있었다.

이제 신사들과 숙녀들은 조가비처럼 생긴 우아한 마차를 타고 눈 위를 지나가고 있었다. 또 햇살을 가리기 위해 커튼이 쳐진 마차형 썰매 한 대가 길을 가로막는 장애물들을 요리조리 피하며 빠르게 달려갔다.

갑자기 모퉁이에서 노아의 방주를 연상시키는 거대한 썰매 한 대가 튀어나왔다. 오십 개의 좌석이 딸린 그 거대한 개방형 썰매는 열두 마리의 말이 끌고 있었다. 이 널찍한 썰매에는 즐겁고 유쾌한 표정의 아가씨들과 총각들, 소년 소녀들, 그리고 나이 든 사람들로 북적였는데 모두들 입가에 활짝 미소를 띠고 있었다. 그들은 줄곧 재잘재잘 떠들고 나지막하게 웃다가 이따금씩 큰 소리로 유쾌한 소리를 내지르곤 했고, 그럴 때면 구경꾼들은 세 번의 환호로 답했다. 짓궂은 소년 몇몇은 이 유쾌한 무리에게 눈덩이를 뭉쳐서 던지기도 했다. 그들을 태운 썰매는 거리를 지나 굽잇길로 사라져서 더 이상 보이지 않았지만, 그들이 즐겁게 왁자지껄 외쳐대는 소리는 끊이지 않고 한참 동안이나 들려왔다.

눈부신 햇살, 햇살을 머금고 반짝이며 떨어지는 물방울들, 눈이 부실 듯 번쩍이는 눈, 사람들의 유쾌한 웃음소리, 가슴이 설렐 정도로 기분 좋은 종소리를 내며 빠르게 달리는 온갖 썰매들……. 피터는 지금껏 이보다 더 활기찬 장면을 본 적이 없었다. 그 장면에서 단 하나, 유일하게 암울한 것이 있다면 그것은 피터 골드스웨이트의 낡은 집이었다. 내부를 한바탕 엉망으로 휩쓸어 버려서인지, 그 집의 겉모습은 퍽이나 애처롭고 칙칙해 보였다. 그리고 그 집의 2층에서 몸을 반쯤 내밀고 있는 야위고 수척한 피터의 모습은 그 집과 꽤나 어울리는 한 쌍이었다.

"피터! 내 친구 피터, 어떻게 지내고 있나?"

피터가 집안으로 머리를 들여놓으려 하던 순간, 거리 맞은편에서 누군가의 목소리가 들려 왔다.

"여기를 좀 보라고, 피터!"

피터는 보도 맞은편에 있는 자신의 오래전 동업자, 존 브라운을 바라보았다. 그는 아주 당당하고 편안한 모습으로 서 있었다. 활짝 열어젖힌 털 달린 망토 자락 안쪽으로는 근사한 외투가 드러나 보였다. 그리고 그의 목소리는 온 마을 사람들이 피터 골드스웨이트의 낡고 초라한 집의 창문을 쳐다보게 만들 정도로 쩌렁쩌렁했다.

"피터!"

브라운 씨가 다시 한 번 소리쳤다.

"거기서 도대체 뭘 하고 있는 건가? 그 집을 지날 때마다 아주 시끄러운 소리가 들리던데 말이야. 그 낡은 집을 수리해서 새집처럼 만들고 있기라도 한 겐가?"

"유감스럽지만 수리하기에는 이미 늦었다네, 브라운."

피터가 대답했다.

"내가 이 집을 새집으로 만든다면 속부터 바깥쪽까지, 그리고 지하실부터 다락까지 완전히 새것처럼 만들어야 할 걸세."

"하다가 잘 안되면 내게 넘기는 게 어떻겠나?"

브라운 씨는 의미심장한 말투로 물었다.

"아직은 아니라네."

피터는 대답하기가 무섭게 급히 창문을 닫았다. 피터가 보물을 찾기 시작한 이후, 그는 사람들이 자신을 쳐다보는 것을 극도로 꺼렸기 때문이다. 그는 자신의 외적인 초라함을 부끄러워하며 얼른 집안으로 머리를 들여놓았다.

하지만 피터는 숨겨진 보물이 자기 손아귀 안에 있다는 사실이 못내 자랑스러웠다. 지저분한 방 안에 스며든 희미한 햇살 속에서 그는 도도한 표정으로 환하게 웃었다. 그는 자손들이 대대손손 살 수 있는 튼튼한 집을 지으며 자랑스러워했을 자신의 조상을 떠올리며 자부심을 가지려고 애썼다.

그렇지만 조금 전까지 바깥의 눈부시게 빛나는 하얀 눈에 현혹되었던 눈으로 바라본 실내는 너무나 어두웠으며, 밖의 활기찬 풍경과 대조적으로 집안은 너무도 우울하고 음침했다. 잠깐 동안 바깥의 거리를 바라본 것만으로도 그는 사회적인 친목과 사업적 거래가 세상을 그토록 즐겁고 풍요롭게 만들 수 있다는 사실에 강렬한 인상을 받았다. 그에 반해 대부분의 사람들이 '광기'라고 부르는 방식으로, 허깨비일지도 모르는 목적을 추구하며 은둔하는 자신의 모습은 어떠한가.

사람들과 섞여 사교적인 삶을 살 때의 가장 이로운 점은 다른 사람의 생각에 맞추어 자신의 생각을 스스로 조정하고, 자신의 행위를 이웃들의 행위와 조화시킴으로써 기행을 저지르게 되는 일이 거의 사라진다는 점이다. 피터 골드스웨이트는 그저 창밖을 바라보는 것만으로도 그런 식의 영향을 받게 되었다. 잠시 동안 그는 과연 숨겨진 보물 상자가 존재하기는 한 걸까 하는 의심을 품었으며, 만일 그렇다면 결국 보물이 없다는 사실을 확인하고자 집을 산산조각 내는 것이 과연 현명한 일인지에 대해 의구심을 갖게 되었다.

하지만 이런 생각은 오래가지 못했다. 파괴자 피터는 운명의 여신으로부터 부여받은 자신의 소임을 계속해 나갔으며, 맡은 바 일을 성취해 내기 전까지 머뭇거리는 일도 없었다. 보물을 찾는 동안, 그는 오래된 집의 잔해에서 흔히 발견되는 많은 것들과, 또 다소 드문 물건들을 조우했다.

그의 목적에 가장 근접해 보였던 것은 바로 벽 틈새에 끼여 있던 녹슨 열쇠였다. 그 열쇠에는 'P.G.'라는 머리글자가 새겨진 나무로 된 꼬리표가 달려 있었다. 또 다른 특이한 발견은 오래된 오븐 안에 깊이 숨겨져 있던 한 병의 포도주였다. 프랑스 전쟁에서 유쾌한 장교로 부임했던 피터의 할아버지는 가문의 전통에 따라 후대의 술고래들을 위해 수십 병의 소중한 술을 따로 보관해 두었던 것이다.

하지만 피터는 할아버지의 희망을 계속 이어나갈 마음가짐이 전혀 없었기에, 자신의 성공을 즐기기 위해 그 포도주를 냉큼 챙겼다. 또 마루의 틈 사이에 끼여 있던 반 페니짜리 동전도 상당히 많이 찾아냈다. 반 페니 동전 외에도 스페인 동전들과 반으로 깨어진 6펜스짜리 동전들을 찾아냈는데, 그것은 틀림없이 사랑의 징표였을 터였다.

또 은으로 된 조지 3세의 대관식 메달 같은 것도 있었다. 하지만 선대의 피터 골드스웨이트의 보물 상자는 구석 깊숙한 곳에서 다른 곳으로 옮겨졌거나, 혹은 후대의 피터가 찾을 수 없는 어느 깊은 곳에 꽁꽁 숨겨져 있는 듯했다. 결국 피터는 더 깊이 살피기 위해서 땅속을 파야 했다.

우리는 그가 보물을 얻기 위해 지나갔던 모든 과정을 하나하나 따라가지는 않을 것이다. 다만 그가 증기 기관차처럼 쉬지 않고 일했으며, 그리하여 지금까지 그 집에 살았던 모든 거주자들이 백 년 동안 매달린다 해도 반도 못 해낼 일을 그해 겨울 동안 완전히 끝냈다고 말하는 것만으로도 충분할 것 같다.

부엌을 제외한 모든 방과 침실은 이제 완전히 파괴되었다. 그 집은 이제 한낱 껍데기에 불과했으며, 집의 탈을 쓴 허깨비이자, 극장에 세워진 세트장의 건물처럼 비현실적이었다. 그건 마치 생쥐가 치즈 껍데기만 남긴 채, 치즈 속을 야금야금 남김없이 파먹으며 그 속에 들어앉아 사는 꼴이나 매한가지였다. 물론 생쥐는 피터였다.

피터가 산산조각 낸 것들을 태비사는 몽땅 연료로 태워버렸다. 태비사는 슬기롭게도 어차피 이 집이 없어지면 집을 따뜻하게 데울 땔감도 필요 없다는 사실을 알고 있었기에, 굳이 땔감을 아낄 필요성을 느끼지 못하고 아낌없이 불을 땠다. 따라서 그 집 전체는 연기로 변해 부엌 굴뚝의 커다랗고 검은 연통을 지나 구름 속으로 흩어졌다고 보아도 무방할 것이다. 그리고 그것은 자신이 판 함정에 스스로 몸을 던지는 꼴과 별반 다를 것이 없었다.

그날은 겨울의 마지막 날과 봄의 첫 번째 날 사이의 밤이었다. 이제 피터는 부엌을 제외한 집안의 모든 갈라진 틈이란 틈은 샅샅이 훑은 뒤였다. 이 운명의 밤은 몹시도 심술궂었다. 몇 시간 전부터 몰아치기 시작한 눈보라는 바람의 왕자가 피터의 노동에 최후의 일격을 가하기 위해 몸소 납시기라도 한 것처럼 거센 폭풍우를 일으키며 그 집을 맹렬히 공격했다.

내부의 자재들이 몽땅 제거된 그 집의 뼈대는 너무나 약했기에, 몇 차례의 강한 돌풍에 그 저택의 연약한 벽들과 뾰족한 지붕들이 피터의 머리 위로 와르르 무너진다 해도 전혀 놀랍지 않을 터였다. 하지만 피터는 그러한 위험 따위는 전혀 아랑곳하지 않았다. 그는 거센 폭풍우가 몰아치는 그날 밤처럼 거칠었으며, 돌풍이 몰아칠 때마다 굴뚝 위에서 쉴 새 없이 흔들리는 불길처럼 갈팡질팡하고 초조해했다.

"포도주를 가져와, 태비사."

피터가 외쳤다.

"내 조부가 남겨 놓은 그 오래된 포도주 말이야. 지금 같이 그걸 마시자고."

태비사는 연기로 새카맣게 그을린 난롯가 옆의 벤치에서 몸을 일으키고는, 피터가 집을 부수면서 찾아낸 수확물인 낡은 황동 램프 옆에 그 포도주 병을 내려놓았다. 피터는 포도주 병을 집어 들고, 그 안에 담긴 액체를 통해 부엌을 바라보았다. 그러자 부엌은 금빛 영광으로 번쩍거렸다. 금빛 광휘가 태비사를 둘러쌌고, 그녀의 새하얀 머리카락은 금박을 입힌 듯 번쩍거렸다. 또 태비사의 옷차림은 어느새 여왕처럼 화려한 옷으로 바뀌어 있었다. 그 모습을 보며 그는 자신의 황금빛 꿈을 떠올렸다.

"피터 씨."

태비사가 말했다.

"보물을 발견하기도 전에 포도주를 마셔도 될까요?"

"보물은 이미 찾았어!"

피터가 다소 사나운 목소리로 고함쳤다.

"그 보물 상자는 이미 내 손 안에 있는 거나 마찬가지야. 나는 녹슨 자물쇠 안에 이 열쇠를 넣고 돌리기 전까지는 절대 잠들지 않을 거야. 하지만 일단은 함께 포도주나 들자고."

그 집에는 타래송곳이 없었기 때문에 피터는 녹슨 열쇠로 포도주 병의 주둥이를 한번에 세게 내리쳐서 코르크로 막힌 부분을 날려 버렸다. 그런 다음 태비사가 찬장에서 꺼내 온 자그마한 중국식 찻잔 두 개에 포도주를 따랐다. 잘 숙성된 포도주는 투명하고 반짝반짝 빛이 났고, 찻잔 바닥에 그려진 진홍빛 꽃의 잔가지들은 포도주를 따르기 전보다 한층 더 두드러져 보였다. 포도주의 풍부하고 은은한 향기가 부엌으로 퍼져 나갔다.

"마시자고, 태비사!"

피터가 소리쳤다.

"이 멋진 술을 당신과 내게 남겨준 훌륭한 늙은이에게 축복을 빌자고. 그리고 피터 골드스웨이트의 유물에도 건배를!"

"덕분에 기쁜 마음으로 그를 기릴 수 있겠군요."

태비사가 포도주를 마시며 말했다.

다사다난한 변화를 겪으며 기쁨의 순간을 위해 오랫동안 저장되어 왔던 그 포도주는 마침내 이 유쾌한 두 친구의 차지가 되었다. 둘은 그 포도주를 꿀꺽꿀꺽 들이켰다. 두 사람은 그들을 위해 고이 남겨진, 이전 세대가 누렸어야 할 행복의 일부분이 고스란히 담긴 그 포도주를 마시며 폭풍우가 휘몰아치는 쓸쓸한 폐허 한가운데서도 기쁨의 환영 속에 푹 빠진 채 즐거운 시간을 보냈다.

이렇게 피터와 태비사가 포도주를 마시며 즐거운 시간을 보내는 동안, 우리는 잠시 다른 곳으로 눈을 돌릴 필요가 있다.

이 폭풍우 치는 밤에 존 브라운 씨는 난롯가 옆에서 쿠션을 댄 철제 팔걸이의자에 앉아 있었다. 난로 속에서는 무연탄이 빨갛게 타오르며 그의 화려한 거실을 훈훈하게 데우고 있었지만, 그의 마음 한구석은 불편하기 이를 데 없었다. 그는 천성적으로 친절하고 인정 많은 인물이었기에, 다른 이의 불행을 마주할 때마다 그의 도톰하고 따뜻한 조끼 안에 감춰진 심장은 안타까움을 느끼곤 했다.

그날 저녁, 존 브라운 씨는 자신의 오랜 동업자였던 피터 골드스웨이트에 대한 생각이 머릿속을 떠나지 않았다. 그의 이해 못 할 기행적인 행동과 그에게 닥친 연이은 불운, 그리고 자신이 마지막으로 그의 집을 방문했을 때 보았던 남루한 옷차림과 허름한 집, 그리고 창가에서 그와 이야기하던 날의 수척하고 퀭한 모습과 어딘지 제정신이 아닌 듯한 그의 태도가 자꾸만 마음에 걸렸던 것이다.

"가엾은 친구!"

존 브라운은 생각했다.

"이 불쌍하고도 정신 나간 친구, 피터 골드스웨이트! 그와의 오랜 친분을 생각해서라도 그가 이 추운 겨울을 편안히 보낼 수 있도록 진작 챙겼어야 했는데."

이 생각은 순식간에 너무나 강렬해졌기에, 브라운 씨는 혹독한 날씨에도 불구하고 즉시 피터 골드스웨이트를 찾아가야겠다고 마음먹었다.

그것은 실로 기이하리만큼 강한 충동이었다. 창밖에서 몰아치는 새된 바람 소리 하나하나가 그를 불러내는 것만 같았다. 그게 아니라면 브라운 씨는 바람 속에서 환청을 듣는 것이 익숙해진 것이 틀림없었다.

이토록 강렬한 자비심이 넘쳐흐르는 데에 놀라며, 그는 허겁지겁 외투를 걸쳐 입었다. 그리고 털목도리와 손수건으로 목과 귀를 둘둘 말아 단단히 무장한 채, 그는 폭풍우 속으로 대담하게 걸음을 내딛었다. 하지만 바람의 힘은 그가 쉽게 이겨낼 만한 것이 아니었다. 바람을 거슬러 간신히 피터 골드스웨이트의 집의 길모퉁이를 지나던 순간, 브라운 씨는 거칠게 불어오는 회오리바람에 휩쓸려 균형을 잃고 그대로 내던져졌다. 눈 더미 속에 얼굴을 처박힌 채 쓰러진 그의 볼록한 몸 위로 순식간에 눈이 쌓였고, 브라운 씨는 점점 눈 속에 묻혀갔다. 다음 해빙기까지 그의 모습을 다시 보기는 어려울 것만 같았다. 게다가 그의 모자 역시 폭풍우에 휩쓸려 다시 돌아올 거라는 기약도 없이 멀리 날아가 버렸다.

그럼에도 불구하고 브라운 씨는 모자도 없이 폭풍우 속에서 몸을 잔뜩 구부린 채, 눈 더미를 가까스로 헤쳐 가며 마침내 피터의 집 문 앞에 도착했다.

그 괴상한 저택은 삐걱대고 끙끙대고 쿵쾅거리는 소리를 내며 불길하게 흔들리고 있었다. 브라운 씨는 문을 거칠게 쾅쾅 두드려 보았지만, 안에서는 그 소리가 들리지 않는 듯했다. 결국 그는 예의 따위를 차리기를 포기한 채, 문을 열고 집안으로 들어가 더듬더듬 부엌 쪽으로 향했다.

그때까지도 피터와 태비사는 집안에 누군가가 들어왔다는 사실을 전혀 눈치채지 못하고 있있다. 두 사람은 문을 등진 채, 낡고 커다란 궤짝 위로 몸을 구부리고 있었다. 그 궤짝은 굴뚝 왼편의 구멍 혹은 숨겨진 벽장에서 막 끄집어낸 것이 분명해 보였다.

브라운 씨는 늙은 여인의 손에 들린 램프의 불빛을 통해 그 궤짝의 모습을 볼 수 있었다. 평평하게 만든 쇠가 덧대어지고 철로 된 못이 잔뜩 박혀 있었으며, 꺾쇠로 연결된 잠금장치에는 빗장이 단단히 걸려 있는 그 궤짝은, 이 보물이 필요한 다른 누군가를 위해 백 년 동안의 부를 간직하고 있을 것만 같은 모양새였다.

피터 골드스웨이트는 자물쇠에 열쇠를 끼워 넣었다.

"오, 태비사!"

피터가 기쁨에 떨며 외쳤다.

"내가 과연 그 눈부심을 견뎌낼 수 있을까? 그 눈이 부실 정도로 밝은 금빛 광채를 말이야! 이 쇠로 된 뚜껑이 닫히던 순간, 내가 마지막으로 보았던 장면이 기억나는 것 같아. 그리고 그 뒤로 칠십 년이 지났고, 그 보물들은 이 영광스러운 순간을 위해 비밀리에 광채를 모아 왔을 거라고. 이제 그 빛은 한낮의 태양처럼 강렬한 빛을 우리 앞에 드러내 보일 테지."

"그렇다면 손으로 눈을 가리세요, 피터 씨!"

태비사가 평소보다 다소 조급해하는 목소리로 말했다.

"하지만 이제 제발 열쇠를 돌리라고요!"

피터는 안간힘을 다해 녹이 슨 자물쇠의 구멍을 찾아내어 녹이 슨 열쇠를 가까스로 끼워 넣었다. 한편 브라운 씨는 피터가 뚜껑을 들어 올리는 순간, 이끌리듯 그곳으로 다가가 열정적인 얼굴로 두 사람 사이를 파고들었다. 하지만 기대와는 달리 부엌에 눈부신 빛이 갑작스레 비치는 일은 없었다.

"이게 뭔가요?"

태비샤가 코끝에 걸린 안경을 들었다 올렸다 하며 열린 궤짝 쪽으로 램프를 바짝 가져다 댔다.

"늙은 피터 골드스웨이트가 남긴 오래된 넝마들이로군요!"

"그런 것 같소, 태비."

브라운 씨가 그 보물을 한 움큼 집어 들며 말했다.

피터 골드스웨이트는 죽어서 묻힌 보물의 망령에, 얼마 남아 있지 않은 정신마저 놓아 버릴 정도로 까무러치게 놀랐다. 그 안에는 외견상으로는 이 마을 전체를 사고, 마을의 모든 도로를 새로 지을 수 있을 만큼 엄청난 금액이 있었지만, 제정신인 사람이라면 그 값으로 6펜스도 쳐 주지 않을 터였다. 그렇다면 그 궤짝 안의 기만적인 보물의 정체는 도대체 무엇이란 말인가?

그것은 바로 옛 주정부에서 발행한 증서와 채권, 그리고 토지 저당 은행의 어음 등으로, 죄다 거품처럼 아무짝에도 쓸모없는 것들에 불과했다. 이들의 최초 발행일은 150년 전으로, 거의 독립 혁명 시절까지 거슬러 올라가는 것이었다. 천 파운드 지폐들이 양피지로 된 1페니짜리 동전들과 아무렇게나 뒤섞여 있었지만, 그 돈은 실제로는 아무 짝에도 쓸모없는 것들이었다.

"이게 바로 그 피터 골드스웨이트의 보물이었군!"

존 브라운이 말했다.

"자네와 이름이 같은 그 피터라는 사람은 자네와 닮은 구석이 많은 친구였다네. 주정부에서 발행한 그 화폐가 50퍼센트, 그리고 75퍼센트까지 가치가 하락했을 때, 그 피터라는 친구는 추후에 가치가 오를 것으로 예상하고 그걸 사들였던 게야. 예전에 우리 할아버지가 말씀하시길, 그 피터는 자신의 얼토당토않은 계획을 실행하려고 자신의 아버지에게 이 집과 토지를 담보로 저당 잡히는 조건으로 현금을 받았다더군. 하지만 그가 사들인 화폐는 결국 거저 줘도 안 받을 휴지조각이 되어 버렸지. 그래서 그 늙은 피터 골드스웨이트는 금고에다 수천 달러의 주정부 발행 화폐를 넣어 두고, 변변한 외투조차 없이 살았지. 지금의 자네처럼 말일세. 그는 결국 그 금고에만 매달리다 결국 미쳐 버렸지. 하지만 신경 쓰지 말게, 피터. 그 돈은 결국 허공에 지어진 성처럼 공허한 돈이니 말일세."

"이 집이 곧 무너질 거예요."

바람이 더욱더 거칠게 집을 흔들어 대자, 태비사가 소리쳤다.

"쓰러질 테면 쓰러지라지."

피터가 궤짝 위에 앉아서 팔짱을 끼며 말했다.

"아니, 아니, 이 친구야!"

존 브라운이 입을 열었다.

"내게 자네와 태비를 위한 여분의 방이 있다네. 그리고 보물을 넣어 둘 안전한 금고도 있고 말이지. 내일 이 낡은 집에 대해 매매 계약서를 쓰러 가세. 부동산이 올라서 자네에게 꽤 후한 값을 쳐 줄 수 있을 걸세."

"그렇다면 말이지……."

골드스웨이트는 이내 기운을 차리며 말했다.

"내게 그 현금을 제대로 활용할 계획이 있다네."

"음, 그 문제라면 말이지……."

존 브라운이 혼자 중얼거렸다.

"후견인이 그 현금을 잘 관리하도록 법원에 신청해야겠어. 만일 피터가 또 투기를 하겠다고 하면, 그 선대의 피터 골드스웨이트의 보물로나 실컷 하라고 해야겠군."

Nathaniel Hawthorne
Twice-Told Tales

Nathaniel Hawthorne

호손의 인생 수업

7교시

'낭만'에 대하여

DR. HEIDEGGER'S
EXPERIMENT

하이데거 박사의 실험

● 늙은 하이데거 박사는 매우 독특한 인물이었다. 어느 날 그는 덕망 있는 네 친구들을 자신의 서재로 초대했다. 그들 중 셋은 하얗게 센 턱수염이 난 신사들로, 메드본 씨, 킬리그루 대령, 그리고 개스코인 씨였고, 나머지 한 사람은 나이든 숙녀이자 미망인인 와이첼리 부인이었다. 그들은 모두 삶에서 불행을 겪었으며, 진작 세상을 떠나지 않은 것이 불행이라 할 만큼 서글프고 처량한 삶을 살고 있는 늙은이들이었다.

메드본 씨는 젊은 시절에는 부유한 상인이었지만, 얼토당토 않은 투기로 인해 모든 재산을 잃고 지금은 거지나 다름없는 삶을 살고 있었다.

킬리그루 대령은 방탕한 생활로 젊은 날들을 헛되이 보내며 건강과 재산을 모두 잃고, 통풍을 비롯하여 몸과 정신을 고통스럽게 만드는 온갖 병마에 시달리고 있었다.

개스코인 씨는 몰락한 정치가로, 오늘날의 젊은 세대들에게 잊히기 전까지는 꽤나 악명이 자자했지만 지금은 악명은커녕 누구의 관심도 받지 못하는 신세로 전락했다.

그리고 미망인인 와이첼리 부인으로 말할 것 같으면, 들리는 소문으로는 젊은 시절 그녀는 대단한 미인이었다고 했다. 하지만 추문에 휩싸인 덕분에 마을의 상류 계층의 사람들로부터 비난을 받고, 결국 사람들과 떨어져 오랫동안 은둔 생활을 하며 살아왔다. 사실 이 세 신사들, 메드본 씨, 킬리그루 대령, 그리고 개스코인 씨는 과거 한때 와이첼리 부인의 애인들이었고, 그녀를 차지하기 위해 서로에게 칼을 겨누기까지 했던 사이였다는 것은 밝혀두어야겠다.

그리고 이야기가 더 진행되기 전에 미리 일러두자면, 하이데거 박사와 그의 네 친구들은 이따금씩, 나이 많은 사람들이 종종 그러하듯, 이성을 잃고 격정적인 태도를 보일 때가 있었다. 이러한 증상은 특히 현재의 걱정거리나 혹은 과거의 우울한 기억을 떠올릴 때마다 나타나곤 했다.

"여보게, 친구들."

하이데거 박사가 친구들에게 자리에 앉을 것을 권하며 말했다.

"내가 이 서재에서 연구하는 실험에 자네들이 좀 참가해 주었으면 하네."

하이데거 박사에 대한 소문이 모두 사실이라면, 그의 서재는 분명 기묘한 장소인 것이 틀림없었다. 그의 낡고 어두침침한 서재는 거미줄이 잔뜩 쳐져 있었으며 해묵은 먼지들로 가득했다. 서재의 벽면에는 오크나무로 된 책장이 둘러져 있었는데 책장 아래쪽에는 커다란 2절판 책들과 검은 활자가 찍힌 4절판 책들이 잔뜩 꽂혀 있었으며, 위쪽 선반에는 양피지로 싸인 자그마한 12절판 책들이 가득했다. 중앙의 책장 위에는 청동으로 된 히포크라테스의 흉상이 놓여 있었는데, 소문에 따르면 하이데거 박사는 어려운 사례의 환자가 있을 때마다 이 히포크라테스 흉상에게 조언을 구하곤 한다고 했다.

방의 가장 어두컴컴한 구석에는 좁고 높다란 오크나무로 만든 옷장이 놓여 있었다. 살짝 열려진 옷장 문 사이로는 인간의 뼈대처럼 보이는 것이 슬쩍 보였다. 두 개의 책장 가운데에는 거울이 하나 걸려 있었다. 금박을 입힌 거울의 테두리에는 녹이 잔뜩 끼어 있었고, 거울의 유리 역시 먼지가 껴서 잿빛으로 보일 정도였다. 이 거울과 관련하여 많은 소문들이 돌았다. 개중에는 하이데거 박사의 죽은 환자들이 그 거울 속에 살면서, 박사가 거울을 들여다 볼 때마다 거울 속에서 박사의 모습을 빤히 마주본다는 소문도 있었다.

서재 반대편은 젊은 여인의 전신 초상화로 장식되어 있었다. 초상화 속의 여인은 빛바랜 실크와 공단 및 아름다운 무늬를 넣어 짠 비단옷을 화려하게 차려 입고 있었지만, 그녀의 얼굴은 자신이 입고 있는 옷만큼이나 빛이 바래 있었다.

오십여 년 전, 하이데거 박사는 초상화 속의 젊은 여인과 막 결혼하기로 한 참이었다. 하지만 그녀는 결혼을 앞두고 가벼운 병에 걸렸고, 연인인 하이데거 박사가 처방한 약을 복용했으나 신혼 첫날밤에 숨을 거두고 말았다.

하지만 그 서재의 비밀은 그게 전부가 아니었다. 가장 큰 비밀이 남아 있었으니, 그것은 바로 커다란 자물쇠가 채워진 검은 가죽 장정의 육중한 2절판 책이었다. 책등에는 아무런 글씨도 적혀있지 않았기 때문에 그 책의 제목을 아는 이는 누구도 없었다. 하지만 소문에 따르면, 그 책은 마법서가 틀림없다고도 했다. 한 번은 가정부가 그 책을 집어 들어 먼지를 살짝 털기만 했는데, 벽장 속에 있던 해골 뼈대가 덜거덕거리고 초상화 속의 젊은 여인이 그림에서 스르륵 빠져나와 마루 위로 발을 내딛는가 하면, 거울 속에서는 유령 같은 얼굴들이 기웃거렸다는 것이다. 게다가 청동으로 만들어진 히포크라테스 흉상이 얼굴을 찌푸리고는 "그만둬!"라고 외쳤다고 했다.

　　하이데거 박사의 서재는 바로 그런 곳이었다. 우리의 이야기는 어느 여름날 오후, 하이데거 박사의 서재 한가운데 놓여 있는 흑단처럼 까만 원탁 테이블에서 이루어졌다. 테이블 위에는 장인이 공들여 세공한 듯한 섬세하고 아름다운 유리 화병이 놓여 있었다. 무늬가 있는 두꺼운 커튼의 묵직한 장식끈 사이로 들어온 햇살 한 줄기가 곧장 이 꽃병으로 비쳐들었고, 꽃병에서 반사된 빛은 테이블에 둘러앉은 다섯 노인들의 창백한 얼굴을 희미하게 비추었다. 테이블 위에는 네 개의 샴페인 잔이 놓여 있었다.

　"여보게, 친구들."

　하이데거 박사가 다시 입을 열었다.

　"나의 이 기이한 실험에 자네들이 기꺼이 참가해 주리라 믿어도 괜찮겠나?"

하이데거 박사는 기행을 일삼는 늙은이로, 그의 기행은 수 많은 기묘한 이야기의 주인공이 되어 왔다. 사실 말하기 부끄러운 이야기지만, 그에 대한 소문에 대한 일부는 아마 나로부터 비롯되 었을 터이다. 설령 지금 내가 들려주는 일화가 독자 여러분의 믿 음을 어지럽힌다 해도, 나는 그저 이야기꾼으로서의 본인의 소임 을 다했다는 점에서 만족할 것이다.

네 명의 손님들은 하이데거 박사의 제안에도 불구하고 심드 렁한 반응을 보였다. 왜냐하면 하이데거 박사는 이전에도 공기 펌 프 안에서 생쥐를 죽인다거나 현미경으로 거미줄을 관찰하는 등 의 얼토당토않은 방식으로 끊임없이 지인들을 귀찮게 해 왔기 때 문에, 손님들은 이번 실험도 그와 비슷할 것이라 생각했던 것이 다. 하지만 하이데거 박사는 그들의 대답을 듣기도 전에 비틀거리 는 걸음으로 방을 가로지르더니, 사람들 사이에서 '마법의 책'이 라고 알려진 그 검은 가죽 표지의 2절판 책을 가지고 돌아왔다.

하이데거 박사는 은색의 자물쇠를 풀고 그 책을 펼쳤다. 그 러고는 검은 활자로 된 페이지 사이에서 장미꽃 하나를 꺼냈다. 아니, 그것은 장미라기보다는 한때 장미였던 것이라고 말하는 편 이 나을 것이다. 장미의 푸른 잎과 진홍색 꽃잎은 갈색 빛으로 변해 있었고, 그 오래된 꽃은 박사의 손에서 금방이라도 바스러질 것처럼 바싹 말라 있었다.

"이 장미는 말이지………."

하이데거 박사가 한숨을 내쉬며 입을 열었다.

"이 시들고 말라비틀어진 장미꽃은 오십 오 년 전에 피었던 꽃이라네. 저기 걸린 초상화의 주인공인 실비아 워드가 내게 준 것이지. 나는 우리 결혼식 날 가슴에 이 꽃을 꽂고 결혼식을 올릴 예정이었다네. 지난 오십 오 년 동안 그 꽃은 이 낡은 책 속에 고이 간직되어 있었지. 자네들은 반세기가 지난 후에 이 말라붙은 장미가 다시 피어날 수 있을 거라 믿나?"

"말도 안되는 이야기지!"

와이첼리 부인이 언짢은 표정으로 고개를 저었다.

"그건 늙은 여인의 주름진 얼굴이 다시 활짝 펴질 수 있냐고 묻는 거나 마찬가지라고."

"바로 그렇소!"

하이데거 박사가 말했다.

하이데거 박사는 꽃병의 뚜껑을 열고, 그 시든 장미를 화병의 물속에 담갔다. 장미는 그저 물 위에 가볍게 떠 있을 뿐, 물을 빨아들일 기색은 전혀 없었다. 하지만 이내 뚜렷한 변화가 나타나기 시작했다. 짓눌려지고 바짝 말라 있던 꽃잎이 조금씩 흔들리더니 서서히 짙은 진홍빛으로 변하기 시작했던 것이다. 그 모습은 마치 죽음처럼 깊은 잠에서 깨어나는 것만 같았다.

연약한 줄기와 가느다란 잎은 점차 초록빛을 띠어갔고, 마침내 그곳에는 실비아 워드가 자신의 연인에게 처음 그 꽃을 건넸던 바로 그때처럼 싱싱한 오십여 년 전의 장미가 모습을 드러내었다. 그것은 만개하기 직전의 모습이었다. 연약하고 빨간 잎이 물기를 머금은 꽃망울 주위를 감싸고 있었고, 꽃망울에는 두세 방울의 이슬이 맺힌 채 반짝거리고 있었다.

"이거 꽤나 그럴듯한 속임수로군."

하지만 마술 쇼에서 그보다 더 진기한 마술을 많이 구경한 적이 있던 하이데거 박사의 친구들이 태평하게 말했다.

"어떻게 한 건지 설명을 좀 해 주게."

"자네들 '젊음의 샘'에 대해 들어 본 적이 있나?"

하이데거 박사가 물었다.

"스페인의 탐험가인 폰세데레온(Ponce De Leon, 1474~1521: 스페인의 탐험가이자 정복자로, 1508년 푸에르토리코섬을 최초로 탐험하고 총독이 되었다. 1513년에 미국 플로리다 반도를 탐사하고 '플로리다'로 지명을 정했다 - 역주)이 2,3세기 전에 찾아 나섰던 그 샘 말이지."

"하지만 폰세데레온이 그걸 찾기는 했는지?"

와이첼리 부인이 물었다.

"찾지 못했소."

하이데거 박사가 대답했다.

"그는 제대로 된 장소를 몰랐기 때문에 결국 그 샘을 찾아 내지 못했지. 내가 들은 게 맞다면 그 젊음의 샘은 플로리다 반도의 남쪽에 있는 마카코 호수 근처에 있다네. 그 호수 위로는 거대한 목련 나무들이 그늘을 드리우고 있는데, 그 마법의 호수 덕분에 그 목련은 수백, 수천 년 동안 시들지 않은 채 제비꽃 같은 싱싱함을 유지하고 있다더군. 내가 그 호수에 관심이 많은 걸 알고서 지인 한 명이 내게 그 호수의 샘물을 보내 주었지. 그 꽃병에 담긴 것이 바로 그 샘물이라네."

"으흠!"

하이데거 박사의 이야기를 단 한 마디도 믿지 못한 킬리그루 대령이 심기가 불편한 목소리로 말했다.

"그렇다면 그 샘물이 인간에게 어떤 영향을 미친다는 건가?"

"그건 자네들이 직접 확인해 보면 되지 않겠나."

하이데거 박사가 대답했다.

"그리고 친구들, 자네들 모두 이 신비로운 샘물을 마음껏 마시고 젊음을 다시 한 번 꽃피워 보게나. 하지만 나로서는 지금까지 나이를 먹느라 고생이 이만저만이 아니었기 때문에 다시 젊어지고 싶다는 생각은 없다네. 그러니 자네들만 좋다면 나는 이 실험의 과정을 지켜보기만 할 걸세."

하이데거 박사는 이렇게 말하며 네 개의 샴페인 잔에 젊음의 샘물을 채웠다. 잔의 밑바닥에서부터 거품이 끊임없이 샘솟으며 표면에 은빛의 물거품을 터뜨리는 모양새를 보아하니, 그 물에는 탄산이 섞인 것이 틀림없어 보였다. 이 액체에서는 기분 좋은 달콤한 향이 났기 때문에 네 사람은 거기에 술이나 기분을 편안하게 해 주는 성분이 들어가 있을 거라고 막연히 추측했다.

네 사람은 이 액체가 그들을 다시 젊어지게 만들어 주는 힘이 있을 거라는 데는 회의적이었지만, 한번 마셔 봐도 나쁠 건 없다는 생각이 들었다. 하지만 하이데거 박사는 잠시 그들에게 당부의 말을 던졌다.

"자네들이 그걸 마시기 전에 할 말이 있네."

그가 말했다.

"자네들이 젊어지게 되면 또 다시 젊음의 위험에 빠지게 될 걸세. 그때 자네들은 지금까지 살아온 경험을 바탕으로 행동 지침을 정해야 할 걸세. 다시 젊어지는 특권을 누리면서 젊은이들에게

덕과 지혜의 본보기를 보이지 못한다면 이 얼마나 부끄럽고 어리석은 일이 아니겠나."

그의 말에 하이데거 박사의 덕망 있는 네 친구들은 입가에 떨떠름함 미소만 희미하게 띠웠을 뿐 아무런 대답도 하지 않았다. 그들이 젊은 시절 잘못된 길을 간 것에 대해 얼마나 후회하며 살았던가. 그리고 그 엄청난 후회를 생각하면 또다시 그때의 과오를 반복할 리가 없지 않은가.

"그럼, 다들 마시게."

박사가 그들에게 깊이 허리를 숙여 인사하며 말했다.

"내가 실험 대상을 잘 골라서 얼마나 다행인지 모른다네."

네 사람은 떨리는 손으로 잔을 들어 입술에 가져다대었다. 이 액체가 하이데거 박사가 말했던 것과 같은 효력을 갖고 있다면, 그 네 사람만큼 이 술이 절실한 이는 없으리라. 네 사람은 살면서 젊음과 쾌락 따위는 단 한 번도 경험해 보지 못한 노망난 늙은이들처럼 보였고, 언제나 침울하고 노쇠했으며, 생기라고는 한 조각 찾아볼 수 없는 처량한 신세였다. 이들은 젊음을 되찾을 수 있으리라는 기대 따위는 없이, 여전히 지친 정신과 육신으로 하이데거 박사의 원탁 테이블에 구부정한 자세로 둘러 앉아 있었다. 그들은 이 물을 마신 후, 잔을 다시 테이블 위에 올려 두었다.

그러자 독한 와인을 한 잔 마신 것처럼 그들에게 즉각적이고도 뚜렷한 변화가 나타났다. 그들의 얼굴에 혈색이 돌며 환하게 빛이 나기 시작했던 것이다.

그들의 시체 같던 잿빛 뺨에는 건강한 홍조가 피어올랐다. 네 사람은 서로를 바라보며 오랜 세월에 걸쳐 이마 위에 깊이 새겨진 슬픈 비문과도 같던 주름이 서서히 펴지기 시작하는 마법 같은 장면을 바라보았다. 와이첼리 부인은 자신이 여성이라는 사실을 새삼 자각이라도 한 듯 급히 모자를 매만졌다.

"이 마법의 샘물을 더 주게!"

네 사람은 애타게 외쳤다.

"우리는 젊어지고 있지만, 아직도 여전히 늙어 보이는군. 이걸로는 부족하다고. 어서, 어서 더 주게!"

"다들 진정하게나."

철학적인 냉정함을 유지한 채, 자리에 앉아서 조용히 그 실험을 관찰하고 있던 하이데거 박사가 말했다.

"자네들은 아주 오랜 시간 동안 나이를 먹었지. 그러니 완전히 젊어지려면 삼십 분은 족히 걸릴 걸세! 하지만 물은 마음껏 마시게."

하이데거 박사는 다시 한 번 젊음의 샘물을 손님들의 잔에 따라 주었다. 하지만 꽃병 안에는 도시 늙은이들의 절반을 그들의 손주뻘 나이로 만들어 주고도 남을 만큼의 물이 아직 남아 있었다. 잔의 가장자리에는 여전히 거품이 부글부글 끓어오르고 있었지만, 하이데거 박사의 네 손님들은 테이블 위에 놓인 잔을 허겁지겁 낚아채고는 단숨에 들이켰다.

그것은 환상이었을까. 그 한 모금의 물이 이제 막 목구멍을 지나간 것뿐인데도 그들은 벌써부터 온몸에서 변화를 느낄 수 있었다. 시력은 밝고 또렷해졌으며, 하얗게 센 머리카락은 짙고 풍성해졌다. 이제 그 테이블 위에는 중년의 세 신사와, 과거 어느 때보다 매력적인 모습의 여인이 한 명 앉아 있었다.

"세상에, 부인. 정말 아름답소!"

킬리그루 대령은 진홍빛으로 물드는 새벽빛에 어둠이 서서히 물러가는 것처럼, 그녀의 얼굴에서 세월의 그림자가 거두어지는 모습에 눈을 떼지 못하며 외쳤다.

하지만 긴 세월을 겪은 미망인은 킬리그루 대령의 찬사가 언제나 온전한 진실을 담고 있지 않다는 사실을 잘 알고 있었다. 그녀는 거울 속에서 여전히 늙고 추한 노파의 모습을 발견하게 될까봐 조마조마해 하며, 즉시 자리에서 일어나 거울로 달려갔다.

반면, 세 신사들은 젊음의 샘물에 도취적인 성분이라도 들어 있는 것처럼 어쩐지 몽롱해지고 취한 것 같은 모양새였다. 그게 아니라면, 그들의 정신적 흥분 상태는 수십 년이라는 세월의 무게를 갑작스레 잃어버린 결과로 인한 현기증 때문이었는지도 몰랐다.

개스코인의 마음속은 정치적인 생각으로 가득했다. 그러나 과거, 현재, 미래 중 어느 것을 주제로 선택해야 할지는 쉽게 정할 수 없었는데, 그 이유는 지난 오십 년 동안 사람들 사이에서 유행하는 정치적 개념이나 연설 방식에는 변화가 없었던 탓이다. 마침내 그는 애국심과 국가의 영광, 그리고 사람들의 권리에 대해 목청을 높이며 일장 연설을 시작했다. 이따금씩 그는 자기 자신조차도 깜박 속아 넘길 정도로 은밀하고 교활하며 의심스러운 말투로 위험한 주제들에 대해 투덜거리곤 했다. 그러더니 다시 한 번 왕실의 누군가가 자신의 세련된 연설에 귀를 기울이고 있기라도 하는 듯이, 세련되고 차분한 말투와 신뢰감 있는 음성으로 연설을 이어가는 것이었다.

킬리그루 대령은 내내 술에 취한 듯 신나게 노래를 부르며 음악에 맞춰 샴페인 잔을 쨍그랑쨍그랑 울려 댔고, 그의 시선은 와이첼리 부인의 매력적인 자태를 훑느라 바빴다.

테이블 맞은편에 앉아 있던 메드본 씨는 잔돈을 계산하면서,

머릿속으로는 고래 무리에게 마구를 채워, 북극의 빙산을 끌어와서 동인도에 얼음을 공급하면 어떨까 하는 수상한 계획을 세우느라 여념이 없었다.

한편, 와이첼리 부인은 거울 앞에 서서 세상에 다시없을 친구를 대하듯, 거울 속의 자신에게 허리를 굽혀 우아하게 인사를 하고 시종 방긋방긋 웃어댔다. 그러다 거울에 얼굴을 바짝 들이대고는 오랫동안 새겨져 있던 얼굴의 주름살과 눈가의 주름이 정말 사라졌는지 유심히 쳐다보기도 했다. 또 늙은 여자에게나 어울릴 법한 모자를 벗고, 눈처럼 하얗게 덮여 있던 흰머리가 정말로 사라졌는지도 살펴보았다. 마침내 그녀는 기분 좋게 거울에서 몸을 돌리고는, 춤추듯 사뿐거리는 걸음걸이로 테이블 앞의 자리로 돌아왔다.

"오, 친애하는 노(老)박사님."

그녀는 애걸했다.

"제발 제게 이 샘물을 한 잔만 더 줘요!"

"그래요, 부인!"

박사가 사근사근한 목소리로 대답했다.

"내가 이미 잔을 가득 채워 놓았다오."

실제로 네 개의 잔에는 이 신비한 액체가 넘칠 정도로 가득 채워져 있었다. 액체의 표면에서 거품과 함께 섬세한 물안개가 피어올랐다. 그건 마치 다이아몬드의 어른거리는 광채를 연상시켰다.

어느덧 일몰이 가까워지자, 방안에는 짙은 어스름이 깔렸다. 하지만 꽃병 안에서는 달빛처럼 온화한 빛이 흘러나왔고, 그 빛은 네 명의 손님과 하이데거 박사의 몸 위에 내려앉아 이들을 부드럽게 비추었다.

하이데거 박사는 등받이가 높고 섬세한 무늬가 새겨진 오크나무로 만든 팔걸이의자에 앉아 있었다. 그의 모습은 다시 젊어지는 행운을 얻은 다른 친구들과는 달리, 세월의 흐름에 어울리는 노년의 존엄성을 지니고 있었다. 그의 손님들은 젊음의 샘을 세 잔째 마시면서도, 박사의 신비스러운 모습에 경외심을 느낄 정도였다.

하지만 다음 순간, 이들은 혈관을 통해 몸속 구석구석 젊음의 생기가 넘쳐 오르는 기분을 느꼈다. 이제 그들은 젊음의 절정에 서 있었다. 그동안 한시도 사라질 날이 없었던 걱정과 슬픔, 그리고 병마는 믹 젊음의 환희에 눈을 뜬 그들에게는 꿈속의 걱정거리인 듯 아득하게만 느껴졌다.

그들에게 영혼의 싱그러운 빛은 너무나 빨리 사라졌기에, 지금까지 그들의 눈에 비친 세상은 빛바랜 그림들로 가득한 화랑처럼 무의미하고 공허할 뿐이었다. 하지만 영혼의 싱그러운 빛이 다시 한 번 그 빛을 발하자, 이들 앞에는 밝고 매력적인 세상이 펼쳐졌다. 그들은 새롭게 창조된 우주에서 새로운 존재로 태어난 것 같았다.

"우리는 젊어졌어! 다시 젊어졌다고!"

그들은 기쁨에 겨워 소리쳤다.

젊음이 가진 특유의 과격함과 극단성 때문이었을까. 그들은 어느새 자신들이 중년에 지니고 있던 고유한 성향은 깨끗이 지워버리고, 서로에게 완전히 동화되었다. 그들은 한 무리의 즐거운 젊은이가 되어, 넘치는 열기를 주체하지 못하고 미친 듯이 젊음의 흥분과 열기를 마음껏 흩뿌려댔다.

기묘한 일이지만, 그들은 젊음을 되찾자마자 불과 얼마 전까지 자신들에게 꼬리표처럼 따라다니던 병마와 노쇠함을 조롱하기 시작했다. 그들은 자신이 입고 있는 고루한 옷차림에 손가락질하며 한바탕 비웃어 댔다. 그들은 젊은 남자가 노인들이나 입을 법한 밑이 넓은 코트와 통이 넓은 조끼를 입고 있다며 손가락질해 댔고, 젊은 여인이 걸친 구식 모자와 가운을 보고 놀려댔다.

어떤 이는 통풍에 걸린 노인네처럼 절뚝거리며 마루 위를 걸어 다녔고, 또 어떤 이는 코에 안경을 걸친 채 그 마법 책의 검은 글씨가 적힌 페이지를 빤히 쳐다보았다. 그리고 세 번째 인물은 팔걸이의자에 앉아, 하이데거 박사의 위엄 있는 자세를 취해 보기도 했다. 그러고 나서 모두들 명랑하게 외쳐대며 방안 이곳저곳을 신나게 뛰어다녔다.

미망인인 와이첼리 부인(물론 이제는 처녀처럼 싱그러운 그녀를 미망인이라고 불러도 되는지는 모르겠지만)은 하이데거 박사가 앉아 있는 의자 쪽으로 경쾌하게 다가가서 얼굴을 장밋빛으로 물들인 채 짓궂은 얼굴로 말했다.

"박사님, 늙으신 우리 박사님."

그녀가 외쳤다.

"일어나서 나와 함께 춤춰요!"

그러자 네 명의 젊은이들은 볼품없는 모습의 이 늙고 초라한 하이데거 박사가 어떤 말로 그녀의 청을 거절할지 생각하며 더욱 더 큰 소리로 웃음을 터뜨렸다.

"제발 나는 빼 주시오."

박사가 조용하게 대답했다.

"나는 너무 늙은 데다 류머티즘까지 있어서 춤은 오래전에 관두었다오. 여기 계신 유쾌한 젊은 신사들이라면 기꺼이 당신의 파트너가 되어 줄 거요."

"나와 춤춰요, 클라라!"

킬리그루 대령이 외쳤다.

"아니, 그녀는 나와 춤을 출 거라고!"

개스코인이 소리쳤다.

"그녀는 오십 년 전에 나와 결혼을 약속했어!"

메드본 씨가 주장했다.

세 사람은 그녀 주위를 빙 둘러쌌다. 한 사람은 그녀의 두 손을 꽉 잡았고, 다른 이는 한 팔로 그녀의 허리를 감싸 안았다. 그리고 나머지 한 사람은 모자 아래에서 풍성하게 빛나는 그녀의 머리카락 속에 자신의 손을 파묻었다.

와이첼리 부인은 얼굴을 붉힌 채 숨을 헐떡이더니, 이내 몸부림치고 소리를 지르며 까르르 웃어댔다. 그녀의 따뜻한 숨결이 세 사람의 얼굴에 차례차례 닿았다. 그녀는 그들의 품 안에서 빠져나오려고 몸을 버둥거렸지만, 여전히 세 사람에게 둘러싸인 채였다.

매력적인 미녀를 차지하기 위해 질투와 경쟁심을 격렬하게 불태우는 그들의 모습은 대단히 생생하고도 위태위태했다. 하지만 실내에 짙게 깔린 어둠 탓인지, 아니면 그들이 여전히 낡고 유행이 지난 옷을 입고 있어서 일어난 착각인지는 몰라도, 커다란 거울 속에는 늙고 볼품없는 세 명의 노인이 비쩍 마른 주름투성이의 추한 노파 하나를 차지하겠다고 싸우는 모습이 비쳐지고 있었다.

하지만 그들은 젊었다. 그들의 타오르는 열정이 이를 여실히 증명하고 있었다. 젊은 미망인은 어느 한 사람에게 호의를 표하지도 않고 거부하지도 않은 채 그들을 농락하듯 애매한 태도를 취했고, 덕분에 세 사람은 질투로 벌겋게 달아올랐다. 셋은 위협적인 시선으로 서로를 매섭게 쏘아보았다. 그러고는 여전히 그녀를 쥔 손을 놓지 않은 채 상대의 멱살을 쥐고 사납게 흔들어 대기 시작했다.

그들이 엎치락뒤치락하며 소란을 피우는 바람에 테이블이 뒤집혔고, 테이블 위에 놓여 있던 화병이 바닥에 부딪치며 수천 개의 파편들로 산산조각 나고 말았다. 그 소중한 젊음의 샘물은 밝은 빛을 내며 바닥 위를 흘러가, 여름을 지나며 늙고 지친 채 바닥에 누워 죽음을 기다리고 있던 나비의 날개를 적셨다. 다음 순간, 나비는 가볍게 날개를 팔랑대더니 이내 방 안을 날아올라 백발이 성성한 하이네서 박사의 머리 위에 사뿐히 내려앉았다.

"자, 자, 여러분, 진정들 하게! 그리고 와이첼리 부인도 이제 그만하시오."

박사가 소리쳤다.

"정말이지, 이런 소동은 사양이라오."

그 순간 그들은 얼어붙은 듯 그 자리에 선 채 부들부들 몸을 떨었다. 마치 잿빛의 세월이 빛나는 젊음을 만끽하고 있는 그들을 또다시 그 춥고 어두운 노년의 나날들로 끌어낼 것만 같은 예감에 사로잡혔던 것이다. 그들은 무늬가 새겨진 팔걸이의자에 앉아 있는 늙은 하이데거 박사를 쳐다보았다. 박사의 손에는 산산조각 난 화병에서 막 건져 낸 오십 년 전의 장미가 들려 있었다.

박사가 손짓하자, 방금 전까지 소란을 일으키던 네 사람은 얌전히 자리에 앉았다. 비록 젊어지긴 했으나, 격렬한 몸싸움으로 기력이 모두 소진되었던 탓이다.

"참으로 애처롭구나. 실비아의 장미여!"

하이데거 박사가 붉게 물든 석양빛에 장미를 비추며 별안간 소리쳤다.

"이렇게 다시 시들어 가다니."

그의 말대로 장미는 정말 시들어 가고 있었다. 일행이 바라보는 동안, 그 장미꽃은 계속해서 쪼그라들더니 마침내 박사가 맨처음 화병에 꽂아 넣었을 때처럼 금방이라도 바스러질 듯 바싹 말라버렸다. 박사는 장미 꽃잎에 매달려 있던 남은 물방울을 흔들어

털어 냈다.

"이슬을 머금어 신선한 모습만큼이나 지금 이대로의 모습도 충분히 사랑스럽다오."

박사는 시든 장미꽃에 자신의 버석한 입술을 살며시 찍어 누르며 말했다. 그가 말하는 동안 나비는 백발이 성성한 박사의 머리 위에서 잠시 날갯짓 하는가 싶더니, 이내 바닥으로 툭 떨어져 버렸다.

그의 손님들은 다시 사시나무 떨듯 떨어댔다. 실제로 그런 것인지, 아니면 정신적인 이유에서인지는 알 수 없었지만 낯선 냉기가 스멀스멀 자신의 몸을 타고 기어오르는 듯했다. 그들은 눈 깜짝할 사이에 자신의 얼굴에서 젊음의 매력이 사라지고, 밭고랑 같은 주름이 깊어지는 모습을 멍하니 바라보았다.

그것은 환상이었을까. 일생에서 단 한번 맛볼 수 있을까 말까 하는 이 젊음의 기회가 그토록 짧은 시간을 끝으로 사라져 버리고, 그들은 어느새 노인의 모습으로 되돌아와 자신들의 늙은 친구인 하이데거 박사의 서재에 앉아 있는 것이란 말인가.

"우리는 또다시 늙어 버린 건가? 이렇게나 빨리?"

그들은 처량하게 소리쳤다.

그랬다. 젊음의 샘물은 한 잔의 와인만큼이나 덧없이 짧은 순간 동안만 지속되었다. 샘물이 만들어 낸 황홀함은 거품처럼 사라져 버리고 말았다. 그렇다. 그들은 다시 늙어 버린 것이다. 미망인은 앙상한 두 손으로 얼굴을 감싼 채, 이대로 관 뚜껑이 닫혀 버렸으면 하는 오싹한 충동에 사로잡혔다. 이제는 더 이상 그 얼굴이 아름다워질 수 없을 테니까.

"그렇다네, 친구들. 우리는 다시 늙어버렸다네."

하이데거 박사가 말했다.

"그리고 이걸 보게! 젊음의 샘물은 바닥에 몽땅 쏟아져 버렸지. 하지만 난 슬퍼하지 않을 걸세. 설령 이 샘물이 우리 집 계단에서 펑펑 쏟아져 나온다 해도, 나는 몸을 구부려 거기에 내 입술을 댈 생각이 전혀 없다네. 비록 그 황홀함이 짧은 순간으로 끝나 버리는 것이 아니라 몇 년 동안 이어진다 해도 말이지. 자네들이 내게 바로 그런 교훈을 주었다네!"

하지만 하이데거 박사의 네 명의 친구들은 그런 교훈 따위는 안중에도 없었다. 그들은 마음속으로 당장 그 샘물을 찾아 플로리다로 순례를 떠날 결심을 하고 있었다. 그리고 젊음의 샘물을 아침, 낮 그리고 밤마다 마시며 젊음을 유지하리라 다짐을 거듭했다.

옮긴이의 말

새롭게 듣는
호손의 이야기

● 『다시 들려준 이야기(Twice-Told Tales)』는
나다니엘 호손이 이전에 잡지 등에 발표한 단편 소설들을 묶어
1837년(초판)과 1842년(증보)에 발표한 단편 소설집으로 총 서른
아홉 편의 단편이 수록되어 있다. 이 책의 제목인 'Twice-Told
Tales'는 윌리엄 셰익스피어의 희곡 〈존 왕의 삶과 죽음(The Life
and Death of King John)〉의 3막 4장에 나오는 대사, "인생은 두 번
들려준 이야기처럼 나른한 이의 귀를 서슬리게 하는군(Life is as
tedious as a twice-told tale. Vexing the dull ear of a drowsy man)"
이라는 대사에서 따온 것이라고 한다.

이 책을 통해 호손은 문단에 알려지게 되었으며, 헨리 워즈워스 롱펠로나 에드가 앨런 포 등으로부터 높은 평가를 받았다. 또 뉴욕의 책 애호가 단체인 글로리어 클럽(Grolier club)은 이 책을 1837년에 가장 영향력이 있는 책으로 선정하기도 했다.

이 책 『다시 들려준 이야기』는 원작에 실린 호손의 서른아홉 편의 단편 중 총 일곱 편의 이야기를 담고 있다. 비록 호손이 이 책을 발표할 당시에는 기존에 자신이 기고했던 이야기를 묶어서 낸 터라 '다시 들려준' 혹은 '진부한(twice-told)' 이라는 표현을 썼겠지만, 사실 이 책에 실린 단편들은 국내에 소개되지 않은 단편들을 다수 담고 있다. 덕분에 이 책에서 독자들은 '새롭게 듣는' 호손의 이야기들을 만날 수 있을 것이다.

● 호손의 초기 단편들을 만날 수 있는 기회

『다시 들려준 이야기』는 호손의 처녀작인 『팬쇼(Fanshawe, A Tale)』(1828) 이후 두 번째 발표된 책이다. 하지만 익명으로 출간되었으며, 호손 자신조차도 숨기고 싶어 했던 『팬쇼』(심지어 호손은 상업적 실패 이후, 남은 책들을 모두 불살라버렸다고 한다)에 비하면,

『다시 들려준 이야기』는 호손에게 처음으로 작가로서의 명성을 얻게 해 준 작품이자, 호손의 초기 문학 세계를 엿볼 수 있는 귀중한 작품집이기도 하다. 이번 번역서에서는 원작에 있는 단편들 중, 비교적 비중이 높은 작품들을 선정하여 소개했다.

이 책에 실린 단편 소설들은 제각각 다양한 분위기를 담고 있다. 흔히 호손은 '어두운 낭만주의적' 작품을 썼다고 평가받는데, 이 책에 실린 단편들을 읽다 보면 그런 일관적인 틀로는 규정할 수 없는 그의 다양한 작품 세계를 엿볼 수 있다.

석류석의 전설을 찾아 헤매는 모험가들의 이야기를 담은 「거대한 석류석」은 옛날이야기를 듣는 것처럼 흥미로우면서도 각 캐릭터들의 특징이 잘 드러나는 작품이다. 화이트 마운틴스를 배경으로 하고 있으며, 은유와 교훈을 담고 있다는 점에서 호손의 다른 유명한 단편 소설인 「큰 바위 얼굴」과 제법 많은 상관성을 느끼게 하는 작품이기도 하다.

그런가 하면 「히긴바텀 씨의 비극」에서는 '근엄한 교훈' 따위는 찾아볼 수 없다. 오히려 이 작품은 호손의 작품인지, 오 헨리의 작품인지 도대체 구분이 되지 않을 정도로 황당하리만큼 유쾌하고 낙천적이다. 문장 곳곳에서 묻어나는 유머와, 매력적인 캐릭터, 그리고 추리소설을 연상케 하는 짜임새 있는 스토리를 통해 호손의 새로운 면모를 엿볼 수 있는 귀중한 작품이다.

호손의 작품 속에 나타나는 '유쾌함'은 여기서 끝이 아니다. 「마을 펌프가 들려준 이야기」에서는 마을 펌프가 자신이 마을에서 도맡고 있는 온갖 역할과 고충들, 그리고 마을의 전설을 비롯하여 샘물의 순수함과 우월함을 구수한 입담으로 들려준다. 이 이야기를 읽고 나면, 옛날 시골 마을의 오래된 작두 펌프나 우물을 지나칠 때마다 그것들이 예사로이 보이지 않을 것이다.

그리고 「피터 골드스웨이트의 보물」에서는 다소 제정신이 아닌 듯하지만, 천진하고 이상적이며 헌신적인 피터라는 인물을 만날 수 있다. 집안 어딘가에 보물이 숨겨져 있다고 믿고서, 집의 껍데기만 남긴 채 집안을 온통 산산조각 내 버리는 피터와, 그런 피터를 아무렇지도 않게 대하며 그의 기행을 곁에서 지켜보는 태비사의 이야기는 안타까우면서도 꽤 유쾌하다. 무거움과 가벼움이 적절히 섞여 있으면서도 여러 가지 생각거리들과 재미를 동시에 던져 주는 흥미로운 단편이다.

반면, 「예언의 초상화」는 다른 작품들과는 달리 꽤 무게감이 있다. 예술에 대한 진지함과 인간의 어두운 본성, 광기, 영원한 아름다움에 대한 집착, 그리고 운명과 예언에 대한 주제들이 담긴

이 작품은 꽤나 강렬하면서도 매력적이다. 이러한 주제는 이후 호손의 다른 작품에서도 종종 반복되어 나타난다.

그 외, 호손의 젊은 시절의 문학적인 감성이 느껴지는 「샘의 환영」이나, 젊음에 대한 집착과 허무함에 관한 음산하면서도 독특한 분위기를 가진 소설 「하이데거 박사의 실험」 역시 오늘날 독자들에게 흥미와 영감을 줄 수 있는 작품들이다.

● 나다니엘 호손의 생애 및 작품 세계

나다니엘 호손(Nathaniel Hawthorne)은 1804년 매사추세츠주의 세일럼의 청교도 집안에서 태어났다. 1821년 메인 주의 보든 대학에 입학하여 롱펠로와 훗날 미국 대통령이 된 프랭클린 피어스 등과 친교를 맺는다. 이후 다시 세일럼으로 돌아온 호손은 약 12년간 칩거하며 사람들과의 교제를 피하고 홀로 독서와 습작으로 시간을 보냈다. 이후 1828년 『팬쇼』라는 로맨스 소설을 익명으로 지비 출판했으나 실패하고, 한동안 난년 소설에 매진하여 다수의 단편 소설을 〈더 토큰(The Token)〉등의 잡지에 기고했으며, 1837년에 이러한 단편 소설들을 추려 『다시 들려준 이야기

(Twice-Told Tales)』라는 제목으로 발표했다.

소피아 피바디와 결혼하고, 보스턴 세관에서 근무하다 해고된 후 창작활동에 전념하여 1850년에 그의 대표작인『주홍 글자』를 발표했다. 이 책은 미국에서 큰 성공을 거두었으며,『주홍 글자』를 통해 호손은 작가로서 널리 알려지게 된다. 이후『일곱 박공의 집(The House of the Seven Gables)』(1851),『블라이드데일 로맨스(The Blithedale Romance)』(1852),『대리석 목양신(The Marble Faun)』(1860)을 발표했다. 친구인 프랭클린 피어스와 화이트 마운틴스를 여행하던 중, 그는 병이 심해져 1864년 플리머스에서 죽음을 맞는다.

호손의 작품은 낭만주의에 속하며, 좀 더 구체적으로는 어두운 낭만주의에 속한다고 평가받는다. 죄책감, 죄악, 악이 인간 본성의 본질적인 자질임을 암시하는 교훈적 이야기를 주로 썼고, 다수의 작품은 뉴잉글랜드의 청교도에서 영감을 얻었으며, 초현실주의 및 상징주의, 로맨스가 결합되어 있다.

호손은 장편 로맨스 외에도 백여 편 이상의 단편 소설을 쓴 단편 소설 작가이기도 하다. 그는『다시 들려준 이야기』를 비롯하여『할아버지의 의자(Grandfather's Chair)』,『낡은 저택의 이끼(Mosses from an Old Manse)』,『탱글우드 테일즈(Tanglewood Tales)』,『큰 바위 얼굴과 화이트 마운틴스의 이야기(The Great Stone Face and Other Tales of the White Mountains)』 등 다수의 단편 소설집을 발표했다.

이처럼 호손의 작품 세계는 매우 광범위하다. 그리고 그의 유명한 장편 소설 못지않게 단편 소설들 역시 현대의 독자들에게 많은 영감과 매력을 안겨 준다. 평범한 가장이 어느 날 갑자기 집을 나가, 집 주위에 머무르며 가족들의 삶을 숨어서 관찰한다는 내용의「웨이크필드」라는 단편 소설은 2016년에 각색되어 영화로 만들어지기도 했다.

그의 단편 소설들에 담긴 독특한 스토리와 온갖 인간 군상들, 그리고 인용하고픈 깊이 있고 멋진 문장들은 여전히 현대의 독자들에게 좋은 자극이 되어 준다. 특히 그의 단편 소설 중에는 아직 국내에 소개되지 않은 작품들이 제법 많이 남아 있다. 이번에 그의 단편 소설들을 번역하며, 이백 년 가까운 세월이 흘렀음에도 불구하고 그의 작품은 여전히 신선하며 시대를 초월한 매력을 갖추고 있다는 사실을 새삼 느낄 수 있었다.

이들은 묻혀 있기에는 너무나 주옥같은 작품들이다. 이러한 작품들을 통해 호손은 과거의 작가가 아니라, 우리에게 여전히 새롭고 신선한 재미를 선사할 수 있는 작가라는 생각이 들었다. 아직 국내에 소개되지 않은 호손의 '신선한' 단편 소설들은 여전히 '발굴'을 기다리고 있으니 말이다. 호손이 우리에게 『주홍 글자』와 「큰 바위 얼굴」로만 기억되는 작가를 넘어서서, 오 헨리나 애드가 앨런 포에 버금가는 위대한 단편 소설 작가로도 널리 기억되었으면 하는 바람이다.

2018년 9월
윤경미

다시 들려준 이야기
(Twice-Told Tales)

초 판 1쇄 인쇄 | 2018년 9월 10일
초 판 1쇄 발행 | 2018년 9월 20일

지은이 | 나다니엘 호손 • 옮긴이 | 윤경미
펴낸이 | 조선우 • 펴낸곳 | 책읽는귀족

등록 | 2012년 2월 17일 제396-2012-000041호
주소 | 경기도 고양시 일산서구 대산로 123, 현대프라자 342호(주엽동, K일산비즈니스센터)

전화 | 031-944-6907 • 팩스 | 031-944-6908
홈페이지 | www.noblewithbooks.com
E-mail | idea444@naver.com

출판 기획 | 조선우 • 책임 편집 | 조선우
표지 & 본문 디자인 | twoesdesign

값 13,000원
ISBN 978-89-97863-93-8 (03840)

• • •

이 도서의 국립중앙도서관 출판예정도서목록(CIP)은
서지정보유통지원시스템 홈페이지(http://seoji.nl.go.kr)와
국가자료공동목록시스템(http://www.nl.go.kr/kolisnet)에서
이용하실 수 있습니다.
(CIP제어번호: CIP2018029081)